Valentine Faure

Als ich wieder aufstand, nahm ich das Gewehr

Valentine Faure ist Journalistin und freie Autorin, die für *Nouveau Magazine Littéraire* und *Marie Claire* arbeitet.
Titel der französischen Originalausgabe: »Lorsque je me suis relevée j'ai pris mon fusil«, Paris 2018.

Edition
TIAMAT
Deutsche Erstveröffentlichung
1. Auflage: Berlin 2022

www.edition-tiamat.de
Druck: cpi books
Buchcovergestaltung: Felder Kölnberlin Grafikdesign
ISBN: 978-3-89320-293-5

Valentine Faure

Als ich wieder aufstand, nahm ich das Gewehr

Gewalt von Frauen

Aus dem Französischen übersetzt
von Christoph Hesse

Critica
Diabolis
310

Edition
TIAMAT

Inhalt

»Dann ereignet sich inmitten der Beobachtungen der einen und der Gleichgültigkeit der anderen etwas Brutales: Ein Verbrechen wird verübt, jemand fällt ihm zum Opfer, ein Mörder tritt in Erscheinung, und unversehens wohnt man der vollständigen Umwälzung der gesellschaftlichen Ordnung bei, der Umkehrung aller moralischen und juristischen Gesetze; das Opfer wird verabscheuungswürdig und der Täter interessant, den Geschworenen macht ihr Gewissen zu schaffen, die Richter geraten in Verlegenheit, das Gesetz zaudert, und die Justiz streckt die Waffen vor der Masse, die sich zusammendrängt wie in einer Volksversammlung oder einem Theater.«

Alexandre Dumas der Jüngere:
Die Frauen, die töten, und die Frauen, die wählen

»Ich muss den alten Glauben aufgeben, ich sei ohnmächtig und darum könne nichts von dem, was ich tue, jemals irgendwen verletzen.«

Margaret Atwood:
Der lange Traum

Einleitung

»Ja, das stimmt, ich habe ihn in den Rücken geschossen, tja, das habe ich getan. Ich bin durchgedreht, das war's. Ich hatte mich ein bisschen ausgeruht, und als ich wieder aufstand, nahm ich das Gewehr, ich nahm die Patronen, ich schoss und verständigte den Notruf. Ich wüsste nicht, was es dazu mehr zu sagen gäbe« (Jacqueline Sauvage, zitiert in einem psychiatrischen Gutachten).

Einige Jahre nach der Tat ist die Geschichte von Jacqueline Sauvage etwas verblasst. Man muss sich ein paar Schlagworte wieder in Erinnerung rufen: die Begnadigung, die misshandelte Frau, die Petition. Was ihre Geschichte an Ängsten und Hoffnungen, an Auflehnung und Empörung hervorrief, scheint sich anderweitig zerstreut zu haben.

Mit drei Schüssen machte sie das unscheinbare Geräusch hörbar, das *die Frauen, die alle drei Tage getötet werden*, von sich geben; jene Frauen aus den Statistiken, die man in Artikeln herbeizitiert, um an eine Wirklichkeit zu erinnern, die zugleich vergangen, gegenwärtig und zukünftig scheint.

Man schob sie nach vorn auf die Bühne, und da sie ein Gewehr in der Hand hielt, konnte sie jeder hören.

Dieses Buch erhebt nicht den Anspruch, ein Licht auf das »wahre Geschehen« zu werfen. Ebenso wenig geht es darum, Jacqueline Sauvage etwa ein *Verdienst* für die gewaltsame Tötung ihres Mannes zuzuschreiben. Über diese Frage haben viele bereits ihre Meinung geäußert, denn das Gute war ja, dass es sich um eine alles andere als geheimnisvolle Angelegenheit handelte, bei der man wusste, wer wen getötet hat.

Vielmehr soll ihre Geschichte zum Anlass genommen werden, den zahllosen Fragen nachzugehen, die dieses Verbrechen aufwirft. Entfaltet wird eine Zeitungsmeldung aus der Gesellschaft, in die sie verwickelt ist, um die unterschiedlichen Meinungen darüber zum Sprechen zu bringen, wie einen Chor, der ein Drama kommentiert. Dieser Weg führt zu anderen Verbrechen und indes auch durch andere Epochen, in denen man anders über Frauen dachte, über das, was sie tun dürfen und tun sollen.

Es geht darum zu verstehen, wie Verbrechen, die wir selbst nicht verübt haben, in jedem von uns nachklingen. Nämlich um die Frage, was es zu jener Tat doch »mehr zu sagen gäbe«.

Du wirst frei sein

Am Morgen des 15. Mai 2012 betrat François Hollande den Élysée-Palast. Die vor dem Eingang versammelte Menge applaudierte noch. Das Ereignis wurde live im Fernsehen übertragen. An Hollandes Seite seine damalige Lebensgefährtin Valérie Trierweiler. *Präsentiert... das Gewehr!* – Liebenswürdigkeiten, Atomkoffer, Protokoll eines anderen Zeitalters. Man hörte das unter seinen Schritten knarzende Parkett und zugleich Atmen und Gemurmel, wie in den Filmen von Jacques Tati, doch man verstand nichts von dem, was er sagte. Es war ein Augenblick merkwürdiger Erwartung, wie ein erster Schultag der Nation, der uns einerseits stärker und andererseits zugleich nicht wirklich, nicht persönlich berührt. In den ersten Tagen des Neubeginns nach der Schlacht des Wahlkampfs, als die Ministerbüros sich wegen des anstehenden Personalwechsels leerten, wurden die Träume etwas größer und auch großzügiger, geradezu kollektiv und national. Vielleicht würden die Dinge besser werden. Als man ins wirkliche Leben zurückkehrte, hörte man bald auf, daran zu denken. Die Veränderungen, wenn sie denn eintraten, betrafen uns nicht sogleich, jedenfalls nicht direkt. Als wir den Fernseher einschalteten, erschien uns der 15. Mai als ein Tag wie jeder andere. Das Leben ging weiter.

Der neue Präsident hielt seine erste Rede als Staatschef: »Frankreich zollt allen Völkern Respekt; vor allem wird es seinem Ruf gerecht, die Freiheit der Völker, die Ehre der Unterdrückten und die Würde der Frauen zu verteidigen.« Sodann fuhr er im Regen die Champs-Élysées hinauf, um andächtig vor dem Grabmal des unbekannten Soldaten zu verharren, unter den Klängen der nunmehr fünften Marseillaise an jenem Tag.

Hat Sylvie L. in Jarville, einem Viertel am Stadtrand von Nancy, die Übertragung gesehen? Hat sie ihn gewählt? Um 11 Uhr, als man auf dem Vorplatz des Invalidendoms 21 Kanonenschüsse zur Begrüßung des neuen Armeechefs abfeuerte, begab sie sich in das medizinisch-psychologische Zentrum von Nancy, das die gesamte Familie beaufsichtigte: außer ihr selbst auch ihren Lebensgefährten Gérard und ihre Tochter Laure, die dort vormittags einen Termin hatte. An jenem Tag fand man Sylvie abgespannt. Die psychiatrische Pflegerin, die sie betreute, sagte ihr, sie werde womöglich noch ihren Mann umbringen, und schlug ihr vor, sie fünfzehn Tage dort zu behalten, was Sylvie ablehnte. So kehrte sie in ihre Wohnung in Jarville zurück.

Um 16 Uhr schauten Sylvie und Gérard einen Film, dann aßen sie gemeinsam zu Abend, während ihre Tochter sich zum Ausgehen bereit machte. Laure verließ das Haus, Gérard nahm seine Medikamente, und gegen 21 Uhr schlief er vor einem dieser »Filme mit Toten« ein, die er so gern mochte. Sie sah ihn schlafen. *Sylvie, du hast genug gelitten. Man muss dem ein Ende machen.* So redete eine leise Stimme ihr zu. Sie nahm das 12-mm-Jagdgewehr mit Doppellauf, das Gérard sich ein Jahr zuvor gekauft hatte, samt Patronen und ging ins Badezimmer. Sie brauchte eine Viertelstunde, um herauszubekommen, wie man das Gewehr öffnet und lädt; es war das erste Mal, dass sie eine Waffe in den Händen hielt. Bald würde das Leben, wie sie es kannte, zu Ende gehen. *Du wirst frei sein*, redete die leise Stimme ihr hartnäckig zu.

Sie ging zurück ins Wohnzimmer, stellte sich anderthalb Meter vor ihn, zielte auf das Herz und drückte ab. Gérard S. hatte die Augen geöffnet, um seine Frau anzusehen, bevor er einige Minuten später starb. Sylvie L. stellte das Gewehr in der Küche an die Wand, ging zur Nachbarin hinunter und bat sie, die Polizei zu rufen. Es war 21:53 Uhr. Sie sagte ihr immer wieder: »Er belästigte mich, er belästigte mich. So werde ich Ruhe haben.«

Am 20. Mai erschien die Meldung vom Tod des Gérard S. in *L'Est républicain*: »Die Familien S., B., P., O.-S., T. teilen voller Schmerz mit, dass Gérard S, genannt ›Cowboy‹, am 15. Mai 2012 im Alter von 58 Jahren heimgegangen ist. Die Trauerfeier wird am Mittwoch, dem 23. Mai, um 10:30 Uhr in der Kirche von Jarville stattfinden.«

Die Zeremonie leitete der Diakon der Pfarrei Saint-François-de-Sales. Über die näheren Umstände des Todes hatte ihn die Familie nicht in Kenntnis gesetzt, weswegen er sich einige Jahre später an dieses Begräbnis kaum mehr erinnerte. Gérard S. wurde auf dem Friedhof von La Neuville begraben, Sylvie L. in die Strafvollzugsanstalt Nancy-Maxéville gesperrt.

In ständiger Lebensgefahr

Drei Jahre später erlebte Frankreich den gewalttätigsten Moment seiner jüngeren Geschichte. In den Winterwochen nach den Terroranschlägen von Paris im November 2015 lasen die Franzosen Berichte von Überlebenden. Die tägliche Lektüre der in *Le Monde* veröffentlichten Todesanzeigen verlegte den Tod in die Dimension der Zeit – es schien kein Ende zu nehmen, man hätte vier Monate gebraucht, um mit all den Opfern fertig zu werden.

Das war etwas Neues, seither leben wir unter der Drohung eines gewaltsamen Todes. In jenen Tagen waren die alltäglichsten Handlungen von Angst befallen, gleich, ob man ein Kind in die Wiege legte, ein Metroticket löste oder einem Lieferanten die Tür aufhielt, obwohl das offiziell untersagt war. Wir waren ein Land, den Tränen nahe, ein angeschlagenes Land, das zu verstehen suchte, was soeben geschah. Berichtet wurde von einem Ansturm auf Waffenhändler und davon, dass Schützenvereine immer mehr Zulauf bekamen. Wir mussten neu zu bestimmen lernen, was die mögliche Gewalt im Leben eines jeden bedeutet.

Dann kam Jacqueline Sauvage. Mit ihrem gleichmütigen Gesicht, ihrer schauerlichen Geschichte und ihrem Gewehr. So erschien sie uns jedes Mal: in einer schwarzen Bluse, die Arme aus dem Glaskasten der Angeklagten herausstreckend, um unter Tränen die Hände ihrer Tochter Fabienne zu ergreifen. Sie war 66 Jahre alt, das graue Haar mit einer Plastiknadel hochgesteckt, mit Brille und einem Pony, der sich über ihr Gesicht legte, das seinerseits zu einem Ausdruck erstarrt war, den man nur schwer beschreiben konnte.

Die Geschichte, die man von ihr erzählte, lässt sich in einem Satz zusammenfassen: Diese Frau wurde zu zehn Jahren Gefängnis verurteilt, weil sie ihren Mann, der sie geschlagen hatte, getötet und somit einem 47 Jahre dauernden Martyrium ein Ende gesetzt hat.

Auch sie hat ihren Mann im Jahr 2012 getötet, ein paar Monate nach der Tat von Sylvie L. Und noch drei weitere Frauen haben im selben Jahr ihre gewalttätigen Ehepartner getötet: fünf insgesamt, diese Zahl variiert nur geringfügig.

Jacqueline Sauvage war vom Schwurgericht Orléans bereits verurteilt worden. Die Fotos des ersten Prozesses zeigen spärlich besetzte Ränge. Im Publikum saßen nur etwa zwanzig Personen. Vor Gericht erschien sie befreit. Sie hatte kürzeres Haar, ihre drei Töchter standen hinter ihr, und es waren nur wenige Journalisten zugegen. Das Urteil nahm sie so gleichmütig hin, wie sie während des gesamten Prozesses dagesessen hatte. Den Gerichtssaal verließ sie in Begleitung von vier Polizisten, ehe sie noch einmal umkehrte, um ihren Töchtern zu sagen: »Ich liebe euch.«

In den Zeitungen hieß es nur: »Frau zu zehn Jahren verurteilt«, und man nannte sie übrigens Catherine Sauvage. Die Nachrichtenagentur AFP gab die Meldung heraus: *»zehn Jahre Gefängnis für die Ermordung ihres Mannes, der seine Töchter vergewaltigte«*. So stand es auch in der Zeitung *Libération*. In einem Leserbrief war von »iranischer Justiz« die Rede, in einem anderen hieß es: »Cantat hatte die Unterstützung aller wohlmeinenden Intellektuellen. Das wird bei dieser Frau nicht der Fall sein.«[1]

Am 4. Dezember 2015 wurde Jacqueline Sauvage zum zweiten Mal verurteilt. Die Geschworenen standen ihr ausgesprochen feindlich gegenüber. *Ist sie schuldig, Norbert Marot absichtlich getötet zu haben?* Ja. *Wurde die Tat vorsätzlich verübt?* Nein. *War Norbert Marot der Ehemann von Jacqueline Sauvage?* Ja. Denn das gilt für einen Mann ebenso wie für eine Frau: Die Tötung des Ehegatten stellt einen erschwerenden Umstand dar. Diese zum Schutz der Frauen gedachte Bestimmung kehrte sich nun gegen sie. Jacqueline Sauvage drohte lebenslängliche Haft, doch sie bekam die gleiche Strafe wie in der ersten Instanz: zehn Jahre.

Üblicherweise ergreift die öffentliche Meinung Partei nicht für den Verurteilten, sondern für dessen Opfer. Im Fall Jacqueline Sauvage aber standen die Dinge anders. Sie oder Norbert Marot, wer war hier in Wahrheit das Opfer? Er mit seinen drei Kugeln im Rücken – oder sie, die ein halbes Jahrhundert lang Qualen erduldet hatte? »De Gaulle war noch Präsident, als ihr Martyrium begann«, bemerkte ein Leser. Schuldet man nicht denen mehr Gerechtigkeit, die auch mehr Ungerechtigkeit erlitten haben? Diejenigen, die zu ihren Gunsten das Wort ergriffen, erklärten einvernehmlich, sie habe bereits genug durchgemacht; ihre Strafe habe sie bei ihrem Mann schon verbüßt, der Haushalt sei ihr Gefängnis gewesen. Eine feministische Vereinigung sprach davon, dass »dieser Mutter

1 Der französische Sänger Bertrand Cantat wurde 2004 in Litauen wegen Totschlags seiner Freundin Marie Trintignant zu acht Jahren Haft verurteilt und nach nur drei Jahren bereits freigelassen. (A.d.Ü.)

und ihren Töchtern, die gezwungen waren zu wählen, ob sie einen Ehemann und Folterknecht unschädlich machen oder sich selbst zugrunde richten lassen wollen, Gerechtigkeit verweigert wird«. Worum es in der Debatte ging, ist damit schon gesagt. War sie gezwungen, zwischen diesen beiden Optionen zu wählen: ihren Mann umzubringen oder sich selbst allmählich zur Strecke bringen zu lassen?

Nie bekam man ein Foto der Familie Marot-Sauvage aus der Zeit vor alledem zu sehen, wie es bei Ereignissen aus dem Zeitgeschehen sonst häufig vorkommt. Kein Bild des Glücks, das sich mit der finalen Tragödie nicht verträgt, nicht einmal ein Porträt des Opfers. Norbert Marot hat kein Gesicht und sogar kaum einen Namen, denn der seiner Frau hat all seine symbolische Schlagkraft verschlungen. Ironischerweise bleibt er in der kleinen Nachwelt, die er erlangt hat, auf ewig *der Mann von Jacqueline Sauvage*. Im Fernsehen bekam man stattdessen Bilder anderer Frauen mit Transparenten in der Hand und Blumenkronen auf dem Kopf zu sehen, die der Kälte trotzten, um Jacqueline Sauvage zu unterstützen. Sie sagten, dass Jacqueline freigelassen werden müsse, dass sie keine andere Wahl gehabt habe und die Justiz sich ihrerseits »wild« [*sauvage*] gegen misshandelte Frauen verhalte.

Die meisten Blätter, die sich mit dem Fall befassten, landeten schließlich bei derselben unerbittlichen Statistik: »Jedes Jahr sterben etwa 130 Frauen unter den Schlägen ihrer Ehemänner.«

Endlich ein Opfer, für das wir etwas tun konnten. Halb Märtyrerin, halb Heldin, hatte sie es geschafft, der Gewalt durch eine höhere Gewalt ein Ende zu setzen: Sollte man sie darum beklagen oder nicht vielmehr beneiden? Jedenfalls wollte man sie verteidigen, sie aus dem Gefängnis freilassen. Im Dezember 2015 wurde sie zu einem Symbol. Ihre Person und ihre Geschichte verbreiteten sich bald in alle Richtungen, sie entstieg ihrer fleischlichen Hülle, um *etwas anderes* zu werden. Sie saß im Gefängnis in Saran und hatte eine Wikipedia-Seite, und schon bald würde der Präsident sich mit ihrem Schicksal befassen. Das zweite Leben der Jacqueline Sauvage hatte begonnen.

Über ihr erstes Leben war zunächst nicht viel bekannt. Die Geschichte trug sich im Loiretal zu, in dem Dorf Selle-sur-le-Bied. Die beiden lernten sich sehr jung kennen, Norbert sah gut aus, sie wurde mit siebzehn Jahren schwanger und heiratete ihn gegen den Rat ihrer Brüder. Sie war verliebt. Es ist bekannt, dass die beiden, ehe sie ihn von hinten erschoss, ein Transportunternehmen aufgebaut hatten, in dem sie den Status einer »mitarbeitenden Ehegattin« innehatte, dass auf Fabienne drei weitere Kinder gefolgt waren, dass Norbert zwei der vier Kinder sexuell missbraucht hatte und dass das dritte, der einzige Sohn, an dem Tag, an dem sein Vater starb, erhängt aufgefunden wurde. Jacqueline hatte davon nichts gewusst, sie erfuhr es erst in der Haft: ein unglaublicher Zufall.

An jenem Tag, dem 10. September 2012, aßen Norbert und Jacqueline gemeinsam zu Mittag, dann ging sie hinauf, um sich hinzulegen, nachdem sie ein Schlafmittel genommen hatte. Norbert hatte bereits Whisky getrunken. Als er sie brutal weckte, dachte sie, es sei 15 Uhr, doch es war schon später. Norbert stieß die Tür auf, zog sie an den Haaren und befahl ihr, *Essen zu machen.* Sie sprechen über ihren Betrieb, und er schlug sie, sodass ihre

Lippe blutete. Er wusste nicht, dass er damit sein Todesurteil unterzeichnet hatte: dass dieses eine Mal eines zu viel war. Ob er wohl schon Angst vor ihr hatte? Er ging hinaus auf die Terrasse und holte sich noch einen Whisky, den dritten an jenem Tag, und bekam drei Kugeln in den Rücken. Seine Frau, außer sich, hatte einen *zündenden Einfall* gehabt, seinen Karabiner genommen, die Augen geschlossen und geschossen. Jacqueline war eine gute Schützin, selbst mit geschlossenen Augen traf sie ihr Ziel. Eine *gute Wiederholgenauigkeit*, urteilte ein Sachverständiger im ersten Prozess: Jeder Schuss wäre tödlich gewesen.

Das gewaltsame Leben Jacqueline Sauvages hörte mit diesen drei Schüssen auf. Sie wurde in die Strafvollzugsanstalt Saran gesperrt, im Département Loiret. In der Gerichtsverhandlung sagte ihre Nachbarin: *»Seit er tot ist, wachsen die Bäume im Garten wieder.«* Anscheinend war Norbert Marot dieser Typ Mann.

Über die unter Paaren verübten Morde heißt es, dass die Männer in einer Art Aneignungswut töten, weil sie ihre Frauen nicht entkommen lassen wollen, während die Frauen töten, um ihren Männern zu entkommen. Jemanden zu töten, um ihn am Fortgehen zu hindern, ist unmöglich zu rechtfertigen und hat auch gar keinen Sinn. In dem anderen Fall allerdings dreht sich die ganze Frage darum, ob dies für die Urheberin des Verbrechens die einzige Möglichkeit war, sich aus einer solchen Situation zu befreien.

Die Frage, wie und wodurch einem Kreislauf der Gewalt zu entkommen ist, stellte sich das ganze Land. Welche Gewalt sollte erlaubt sein, wenn man so gewalttätig angegriffen wird? Wie weit darf man das Gesetz übertreten, um sich zu verteidigen?

Sie bot die intime Version eines landesweiten Gesprächs. Fortan würden wir, so drückten es Jacqueline Sauvages Anwältinnen aus, »in ständiger Lebensgefahr« leben: was in unserer Vorstellung von Gewalt manches über den Haufen werfen müsste. Theoretisch darf man nicht töten, doch ist es, wenn man so rabiat angegriffen wird, wirklich noch ein Verbrechen?

Jeder weiß, dass Jacqueline Sauvage ihren Mann getötet hat; fraglich allerdings, ob sie dafür verantwortlich ist. Die Schwurgerichte haben längst entschieden, doch ein Teil der öffentlichen Meinung denkt anders darüber. Mir bleibt es ein moralisches Rätsel.

Zusammenstoß

Auch ich hätte 2012 meinen Mann beinahe umgebracht. Es war im April in Avignon, ich saß am Steuer eines Mietwagens, wir stritten heftig über eine unbedeutende Sache, und man könnte sagen, dass ich, wie Jacqueline Sauvage, *durchgedreht bin*. Ich wollte ihn für immer zum Schweigen bringen, wollte, dass er verschwindet, und in jenem Augenblick wäre mir alles Mögliche lieber gewesen als das, was ich da gerade erlebte. Ich hätte ihn vor Wut aus dem Auto werfen können, oder vielleicht hätte ich, wenn nicht selbst am Steuer gesessen, die Tür aufgerissen und wäre während der Fahrt hinausgesprungen. Stattdessen trat ich mitten auf der Straße voll auf die Bremse. Es verging eine lange, furchteinflößende Sekunde, ehe das Auto hinter uns sich in unseren Wagen verkeilte. Ich legte meinen Arm über seinen Oberkörper, um ihn vor dem Aufprall zu schützen, und ich weiß nicht, wie seine Gefühle sich gewandelt hatten, dass diese Geste ihn mehr bewegte, als das zuvor Geschehene ihn erschreckt hatte. Wir blickten uns an, unversehrt und ungläubig, während der Wind durch die zerborstene Heckscheibe hereinblies, und ich erinnere mich, dass ich dachte, ich dürfte niemals ein Kind haben, wenn ich imstande war, so etwas zu tun. Fassungslos stieg ich aus. Niemand war verletzt worden, niemand ums Leben gekommen. Die Frau (oder der Mann oder beide) aus dem Auto, das hinter uns gefahren war, baten uns um Entschuldigung, und ich konnte das verstehen, denn streng genommen war der Zusammenstoß ihre Schuld: Sie hätten nicht so dicht auffahren dürfen. Dies flößte mir schreckliche Schuldgefühle ein und erleichterte mich schändlicherweise zugleich. Eine ganz kleine Ausflucht immerhin hatte ich: Ja, es stimmt, man muss einen Sicherheitsabstand wahren! Ich log die Feuerwehrleute an und sagte, ich hätte die Pedale verwechselt, dann warteten wir in einem Karaoke-Lokal am Straßenrand auf den Abschleppwagen und das von der Versicherung bestellte Taxi. Über was wir gesprochen haben, weiß ich nicht mehr. Ich erinnere mich nur noch meiner gewaltigen Scham.

Das Taxi setzte uns bei meinem Onkel ab, der mit seiner Frau auf einer Farm auf dem Berg Ventoux lebte. Ich weiß nicht mehr, ob wir ihm die ganze Wahrheit sagten; ich sagte, glaube ich, wir hätten gestritten *und deshalb* hätte ich die Pedale verwechselt – sie selbst streiten sich ständig, und die halbe Wahrheit konnten sie gut verstehen. Zur Entspannung gaben sie uns einen Joint aus dem Gras, das sie in ihrem Garten anbauten. Über den Unfall lachte man bereits verschämt, und in solch einer surrealistischen Atmosphäre ging der Abend zu Ende. In diesem zweiten Zustand legten wir uns schlafen, die Körper von Gliederschmerzen geplagt.

Ich wusste nicht, was diese Geschichte mir sagen sollte, sie ähnelte nichts von dem, was ich bis dahin getan hatte.

Ich bin nicht aufbrausend, selten nur gehen meine Worte über mein Denken hinaus, und überhaupt streite ich lieber in geschriebenen Worten. *Mein Mann*, den ich geheiratet habe, als ich ihn kaum kannte, und zwar aus einem romantischen Antrieb heraus, ganz anders als ich mir meinen Weg vorgestellt hatte, besitzt eine seltene

Vorliebe für Auseinandersetzungen, die von Debatten beim Abendessen bis hin zu endlosen Beziehungsstreitigkeiten reicht und meine natürlichen Neigungen und meine Leidensfähigkeit bei weitem übertrifft. Nachdem ich zwei Jahre mit ihm verbracht hatte, hatte sich etwas in mir verändert.

Am nächsten Tag erzählte er mir, was seine Mutter zu ihm gesagt hatte, als er klein war. Als sie die Bilder von der Ermordung Kennedys sah, war sie schockiert darüber, dass Jackie zu flüchten schien, statt ihren Mann mit ihrem Körper zu schützen. Gemeint war: Das hätte man tun sollen, sie jedenfalls hätte es tun sollen. Daran dachte er im Auto in Avignon: an diese schützende Geste von mir, die etwas in ihm beruhigt hat, obwohl ich ihn eine Sekunde zuvor beinahe umgebracht hätte.

Den Sinn dieser Anekdote habe ich nie verstanden. Mir kam es immer so vor, als habe Jackie Stücke vom Kopf ihres Mannes aufsammeln wollen und dabei riskiert, selbst eine Kugel abzubekommen, was ich eher mutig fand. Aber ich wusste auch, dass seine Mutter eine Vorliebe für Opferposen hatte. Angeblich wartete sie, als sie mit ihrem ersten Kind schwanger war, bis ihr Mann ein Baseballspiel (sie sind Amerikaner) zu Ende geschaut hatte, bevor sie ihm sagte, dass sie Fruchtwasser verloren habe. Diese Anekdote entlockt den drei Männern der Familie ein Lachen, das zwischen Zärtlichkeit und Spöttelei schwankt, zumal man genau weiß, dass der Vater so etwas niemals verlangt hätte. Mir hingegen jagt sie abgrundtiefe Angst ein, und zweifellos ist hier auch der Ursprung der Panik zu suchen, die unserer Beziehung zugrunde liegt – der unvermeidlichen Ansteckung durch ein

Virus vergleichbar, das durch den Sohn von Frau zu Frau übertragen wird. Eines Tages war auch ich versucht zu glauben, es sei normal, dass mein Mann, ihr Sohn, dem sie sagte: *»I love you more than my own life«*, erst seine Partie Schach zu beenden hatte, ehe ich ihm sagen konnte, dass wir zur Entbindung ins Krankenhaus müssten. Dann habe ich gelernt, meine Verteidigungstechniken zu verfeinern.

Ich bat ihn, die Geschichte von seinem Standpunkt aus zu erzählen. Folgendes schrieb er mir:

»Ich habe das nicht kommen sehen. Du hast anscheinend für einen Augenblick den Kontakt zur Wirklichkeit verloren. Wir haben uns gestritten, was nicht wirklich außergewöhnlich war. Du sagst immmer, ich könne Konflikte besser aushalten als Du. Das habe ich zuhause gelernt, wo ich aufgewachsen bin, in einem Haushalt, in dem man sich den anderen entgegenstellen musste in der Hoffnung, sich Gehör zu verschaffen. Ich musste einem charakterlich starken Vater und einem älteren Bruder, der stets gegen mich Stellung bezog, die Stirn bieten. Das einzige Mitglied meiner Familie, das keinen Streit mit mir suchte, war meine Mutter, die äußerst großmütig war, wenn auch ihr Großmut sie aller Kraft beraubte, an jenem Zustand etwas zu ändern. Nie sagte sie: ›Hört auf damit!‹ Aus einer solchen Familie kommt man nicht heraus. Ihr kennt die Momente betretenen Schweigens besser als wir; Ihr habt verstanden, dass es Grenzen gibt, über die man nicht hinausgeht. Ich würde sagen, dass unser Streit an jenem großartigen sonnigen Nachmittag auf einer Skala bis zehn bei etwa vier oder fünf lag. Die Heckscheibe des kleinen Mietwagens musste erst zerspringen, sodass mein Kopf nach vorn geworfen wurde, um mich begreifen zu lassen, dass irgendwas wirklich nicht stimmte: dass Du nicht in einem normalen Zustand warst, sondern ganz woanders, an einem Ort, von dem ich nicht wusste, dass ich Dich dorthin gedrängt hatte.

Mir ging es schlecht, und ich stand auch etwas unter Schock, ich war wirklich geschockt und nicht einfach nur überrascht. Ich glaube, Du hast geweint, vielleicht auch geschrien, ich erinnere mich nicht mehr. Doch was ich nie vergessen werde, ist, dass Du Dich sehr schnell, schneller als man rechnen oder einen Gedanken fassen kann, zu mir gewandt und Deine Hand vor mein Gesicht gehalten hast, um Dich zu vergewissern, dass es mir gut ging. Das war Deine erste Reaktion. Ich habe nicht so edelmütig reagiert. Ich hatte nicht verstanden, was passiert war, mit einem Mal erkannte ich, wie sehr Du mich liebtest. Ich stelle mir vor, dass Du Dich schuldig gefühlt haben musstest und auch verlegen warst. Immerhin hatten wir uns bloß gestritten – nur Worte gewechselt und keine Schläge (Du hattest ›Hör auf!‹ geschrien, wie ich mich jetzt erinnere) –, als Du plötzlich mitten auf der Straße auf die Bremse tratest. Dir musste klar sein, dass die Leute in dem Auto hinter uns sich hätten verletzen können. Dass wir alle uns hätten verletzen können, sogar schwer. Erinnerst Du Dich an den großen Lastwagen, der in hoher Geschwindigkeit angefahren kam, und wir einige Augenblicke später am Straßenrand saßen?

Tatsache ist, dass es uns gut ging. Die Versicherung hat für das Auto bezahlt, unsere Schmerzen haben nach einigen Tagen nachgelassen, und der Familie hinter uns ging es auch gut. Sie hatten keine Ahnung, was den Unfall verursacht hatte. In dem Moment, als das Taxi uns zum Haus Deines Onkels brachte, fühlten wir uns besser als zuvor. Ich habe Dich sehr geliebt in jener Nacht, und ich war ihm sehr dankbar, dass er uns nie gefragt hat, was da schiefgelaufen war. Ich hatte mir nie klar gemacht, wie sehr ich Dich mit Worten provozieren konnte. Ich hätte die Wut bemerken müssen, zu der ich Dich trieb, und aufhören sollen. Ich glaube nicht, dass wir uns danach noch einmal so gestritten haben, auch wenn wir dem vielleicht nahegekommen sind (zum Glück nicht in einem fahrenden Auto). Was an jenem Tag geschah, war wie die Entfernung eines Abszesses: Danach ging es uns besser. Was ich jedoch nie vergessen werde, ist, dass Vernunft und Ausdauer, ja sogar der Wille zur Selbsterhaltung eine Grenze haben.«

Ich vermute, dass er einige Tatsachen auf geradezu amerikanische Weise etwas zu positiv darstellt, ein bisschen *Glück im Unglück*. Wie man sagt, ein Krebsgeschwür sei ein Geschenk und eine Entlassung eine Chance, so stellt es eine schöne Etappe im Leben eines Paares dar, dass man sich beinahe gegenseitig umgebracht hat... Aber vielleicht auch nicht, vielleicht hat er wirklich meine Grenzen erkannt und wir beide etwas übereinander gelernt. Mir selbst ist schließlich klar geworden, dass ich manchmal in einem bestimmten Maße wütend werden muss, um etwas in ihm zu bewegen. Ich stelle mir vor, dass alle Paare auf mehr oder weniger brutale Weise solche Phasen durchmachen, in denen jeder die Intensität seiner Äußerungen und Empfindungen anpassen muss. Selbst wenn er über einen Streit wie den unseren lässig bemerkt, er liege »auf einer Skala bis zehn bei etwa vier oder fünf«, als ob er die Schlüssel zu einem verbotenen Zimmer besäße, so bin ich der Ansicht, dass ich, die schwieg und Kummer unterdrückte, gelernt habe, *durchzudrehen*. Er hat mir die Pforte zu Gebieten geöffnet, in die ich niemals vorgedrungen war und in denen man sich rückhaltlos hingibt. Durch die Verbindung mit ihm habe ich indirekt etwas von der Kultur seiner Familie geerbt, in der man Gewalt, da sie durch das Prisma einer Geschichte der Sklaverei, des Rassismus und der Kultur der Südstaaten betrachtet wird, wo die Familie herkommt, als Bedingung einer gewissen Würde ansieht, nicht als Kontrollverlust oder verarmte Sprache.

Mit der Zeit verwandelte sich meine Scham in eine Art Nachsicht; ein gewisses Selbstbewusstsein, weil ich zu verstehen gegeben hatte, was ich nicht ertragen konnte. So etwas tut man mir nicht an, manche Dinge sollte man mir ersparen. Aber natürlich ist es all das nur wert, weil es eine Ausnahme war. Eine Art Expedition in eine verbotene Zone, aus der man mit einer wundersamen Entdeckung zurückkommt. Ich weiß sehr wohl, dass das ein Signal ist, das jedes Mal, wenn man es betätigt, schwächer wird; dass, wenn ich dasselbe noch einmal täte, es nicht mehr dasselbe bedeuten würde. Und natürlich würde ich das nicht sagen, wenn ich ihn wirklich getötet hätte. Ich weiß nicht, ob glücklicherweise ein Mangel an Entschlossenheit oder ein Rest noch intakten Urteilsvermögens dazu führte, dass ich ihn nicht getötet habe. Wenn ich ihn wirklich getötet, wenn mein Leben vor einem Gericht hätte ausgebreitet werden müssen – ich weiß, was ein Staatsanwalt gesagt hätte: dass ich keinerlei Entschuldigung hätte, nie geschlagen worden sei, weder von ihm noch sonst jemandem, nicht unter seinem Einfluss gestanden hätte, nicht abhängig gewesen sei, sondern schlicht und einfach Leben gefährdet hätte. Aber was hätte ich zu meiner Verteidigung gesagt?

Merkwürdige Arten zu lieben

Im Jahr 2015 besuchte ich den Prozess gegen Sylvie L. Verteidigt wurde sie von denselben Anwältinnen wie die schließlich teilweise begnadigte Jacqueline Sauvage. Die Episode von Avignon, von der man heute meint, sie habe uns *gutgetan*, erscheint mir rückblickend in einem anderen Licht. Während des viertägigen Prozesses versuchte man, hinter die Geschichte dieser Frau und ihrer Ehe zu kommen, und bald stellte sich die Frage: War Sylvie L. ein Opfer ihres Mannes, oder bildeten sie und Gérard S. ein dysfunktionales Paar, das von wechselseitiger Abhängigkeit geprägt und krank war?

Jeder im Saal fragte sich, wie die einzelnen Teile ihrer Geschichte zusammenpassen. Zum Beispiel zwang er sie, bei geöffneter Tür zur Toilette zu gehen, sich manchmal unter einer Perücke zu verbergen, wenn sie auf die Straße gingen. Er bürdete ihr endlose sexuelle Beziehungen auf, drang manchmal mit einer Bierflasche in sie ein, weckte sie in der Nacht zehn Mal, wenn er selbst nicht schlafen konnte, und jede Nacht um 3 Uhr musste sie mit ihm aufstehen, um ihm Kaffee zu machen, sich auf seinen Schoß setzen, während er ihn trank, und dann zum Fenster gehen und ihm auf Wiedersehen sagen. Trotz alledem hat sie Gérard dazu gebracht, ein Kind mit ihr zu haben, das er nicht wollte. Manchmal zeigte sie der schon großen Tochter stolz ihre Perücke und sagte: »Hast du gesehen, wie schön ich bin!« Vor Gericht wiederholte sie etliche Male: »Mir fehlt mein Gérard.« Sein Tod hat sie völlig aufgerieben. Warum sie ihn denn umgebracht habe, fragt die Vorsitzende. »Tja, ich weiß nicht, das soll mir mal einer erklären!«

Mehrmals fragt die Vorsitzende: »Aber ist das, was Sie uns da beschreiben, nicht vielmehr ein Paar, das sich ununterbrochen streitet?« Nein, man spürt sehr wohl, dass es das ganz und gar nicht war. Gérard S, genannt »Cowboy«, behandelte Sylvie wie eine »Kameltreiberschlampe«, was viel über die Stimmung sagt, die zwischen den beiden herrschte. »Kameltreiberschlampe« deshalb, weil sie zwei Jahre vorher mit einer ihrer Schwestern und ihrer Mutter nach Tunesien gereist war – ein Geschenk zu ihrem 70. Geburtstag.

Dort hatte sie einen Mann getroffen, mit dem sie auch nach ihrer Rückkehr nach Nancy in Kontakt blieb. Nachdem die Idee eine Weile in ihr gereift war, tat sie es schließlich: Sie reiste erneut nach Tunesien, wo sie ihn wiedertreffen wollte. Gemeinsam mieteten die beiden eine kleine Wohnung. Während man sich noch vorstellt, welch glückliches Ende die Geschichte hätte nehmen können (Sylvie und ihr Liebhaber unter der Sonne am Mittelmeer, Befreiung, endlich glücklicher Sex, derweil Gérard in Nancy seinen Kummer ersäuft), erfährt man, dass die Flucht nur drei Wochen gedauert hat. Und dass der Mann versucht hat, sie zu vergewaltigen. Nicht, als sie zu ihm zurückkehrte, nein: schon bei ihrem ersten Zusammentreffen. Anderntags entschuldigte er sich, und sie sah großzügig darüber hinweg, ehe sie seinem Charme vollends erlag. Bald nach ihrem Eintreffen in Tunesien wurde ihr klar, dass er nur Geld wollte, das sie aber nicht hatte. Er war jung, das wusste sie, nicht jedoch, dass er erst 20 war. Als sie danach gefragt wird, muss sie vor denen, die über sie zu richten haben, zugeben, dass ihr hübscher junger Liebhaber in Wirklichkeit nie mit ihr geschlafen hat: Er konnte nicht.

Dann kehrte Sylvie nach Frankreich zurück, nach Marseille. Man stellt sie sich unter der Sonne am Meer vor, das tunesische Abenteuer hatte die ihr von Gérard zugefügten Verletzungen vielleicht schon verdrängt, vielleicht erschien er ihr nun sogar als Retter. Doch Sylvie hielt stand und blieb in Marseille. Sie fand eine Arbeit (kümmerte sich um alte Menschen) und eine Bleibe. Das Happy End schien nahe, sie war befreit, finanziell unabhängig und hatte das Schlimmste hinter sich. Doch dann tauchte Gérard in Marseille auf, um sie zurückzuerobern: ein echter »Honeymoon«, wie sie sagt. Er versprach ihr, sich zu ändern. So endete das Zwischenspiel. Er überzeugte sie, mit ihm zurück nach Nancy zu gehen. Daraufhin schlug sie ihm vor zu heiraten, was Gérard jedoch ablehnte. Zwei Jahre später würde sie ihn töten.

Der Anwalt der Nebenkläger fragt sie: »Können Sie verstehen, dass Menschen glauben, Sie hätten sich selbst in diese Situation gebracht?« – »Ja«, antwortet sie. Und fügt als Erklärung hinzu: »Angesichts meiner Kindheit glaube ich, dass mir dieser Weg vorgezeichnet war.«

Die Tunesien-Episode ist herzzerreißend. *Issam* – was dieser Vorname ihr an Möglichkeiten in Aussicht gestellt haben muss… Vielleicht zum ersten Mal in ihrem Leben reist sie mit dem Flugzeug. Eine Sonne so heiß wie dort hat sie zuvor nie erlebt. Sie erfährt das Glück ungestörter Nächte; vielleicht aber sind ihr Gérards Ansprüche bereits zur festen Gewohnheit geworden, also wacht sie um 3 Uhr auf, als müsse sie ihm Frühstück machen – aber nein, die nächtliche Hitze erinnert sie sogleich daran, dass sie nicht in Jarville, sondern in Tunesien ist, unter Frauen, für sieben kurze Tage. Vielleicht beunruhigt sie die Art und Weise, in der Gérard sich nach ihrer Rückkehr erkundigt, wie er ihre Schwestern beleidigt, wie er etwas, womit er sie glücklich gemacht hat, in ein Werkzeug der Schikane verwandelt, und vielleicht sagt sie sich, dass, wenn sie schon bestraft wird, es für etwas sein möge, das sie auch wirklich getan hat.

Das würde ich mir vorstellen, wenn ich einer der Geschworenen wäre. So würde ich die Lücken und ungeheuren Leerstellen füllen, wenn ich über Sylvies Schicksal zu richten hätte. Und so würde ich auf die Fragen antworten, die sich stellen, wenn jemand über sein Leben berichtet, etwa auf die, warum man einem Typen nachläuft, der einen zu vergewaltigen versucht hat. Zweifellos hatte sie andere Träume. Aber trotzdem hat er Sylvies Herz gewonnen.

Da ist jemand, der Sylvie für eine Frau hält, aus der man Profit schlagen kann, die vielleicht eine Stellung hat und etwas besitzt, das man ihr rauben könnte. Das ist die Hierarchie der Elenden dieser Welt.

»Bei Frau L. war das Unglück hartnäckig und das Glück vergänglich«, sagt die Staatsanwältin. Der Anwalt der Familie von Gérard fragt: »2010 sind Sie in Tunesien, Sie sind der Hölle, wie Sie es nennen, entkommen, und schließlich kehren Sie zurück. Warum?« – »Ich habe keine Ahnung. Er ist da. In meinem Gehirn…« Sie legt beide Hände an die Schläfen. »Das ist sein Einfluss.« Dieses Wort wiederholt sie häufig, wie ein Mantra, das alles, was man nicht begreift, weder sie noch wir, erklären soll: die Vergewaltigungen und die gewaltsam beendete Schwangerschaft, die Unterwürfigkeit und den

Stolz, die schöne Flucht und die Rückkehr, die Liebe und die Gewalt.

Ist das »ein Paar, das sich ununterbrochen streitet«?

Der Bruder des Angeklagten tritt auf. Er ist schwer zu verstehen, er spricht schnell und verschluckt die Worte, brabbelt vor sich hin und sagt zwanzig Mal dasselbe: Nein, wirklich, bei Sylvie und Gérard war nichts merkwürdig, ein ganz normales Paar. Die Vorsitzende hakt nach, man spürt, dass sie Lust hat zu sagen: Hallo, Ihr Bruder wurde von Ihrer Schwägerin ermordet, ist das etwa nichts? Nein, nichts. Dann erscheint Gérards Schwester, sie endlich findet Worte für diese undurchsichtige Geschichte. Sie erzählt von ihrer schrecklichen Kindheit, von Schlägen, sie sagt: »Wir blieben allein mit unserem Schmerz. Wir nahmen Aspro, und wenn kein Aspro mehr da war, gingen wir zu den Nachbarn.« Und weiter: »Unsere Kindheit war nicht leicht. Ich erinnere mich zum Beispiel, einen unserer Stiefväter im Bett meiner Schwester überrascht zu haben. Doch er schämte sich, er sagte nichts, das ist wahr. Man musste immer schweigen.« Sie legt einen Finger auf den Mund und beide Hände auf die Ohren. Gérard S. wird wieder ein wenig lebendig. Die Waage des Leids neigt sich ein kleines Stück in seine Richtung.

Nicht gerade viele Leute sind zu seiner Verteidigung erschienen, sein Leben ist anscheinend nicht allzu viel wert. Nach den Zeugenaussagen denkt man sich, dass auch seine Existenz beschwerlich gewesen sein muss. Und anders als Sylvies Anwältinnen, die behaupten, das bereitgestellte Gewehr zeige sehr wohl, dass er vorgehabt habe, seine Lebensgefährtin zu ermorden, sagt man sich, dass er an einem Tag, an dem er mutiger gewesen wäre, es ebenso gut hätte nehmen können, um sich selbst zu töten. Der Spitzname »Cowboy«, so erfahre ich vom Anwalt der Nebenkläger, rühre nämlich nicht daher, dass er etwa im Ruf besonderer Männlichkeit gestanden hätte, sondern von den Waffen, die er zu seinem fünften Geburtstag bekommen hatte und die ganze Zeit mit sich herumtragen wollte. Als er noch ein Kind war, kam sein Ex-Stiefvater zu Besuch und erstach den neuen Lebensgefährten seiner Mutter. Der kleine Cowboy half dabei.

Vor Gericht sagt seine Tochter Laure: »Meine Mutter ist befreit, mein Vater ist befreit, und auch ich bin befreit.«

Da gibt es das aufgewühlte Leben, die Zerbrechlichkeit der sich abzeichnenden Wahrheit, die an dem Eindruck eines Kollegen, eines mehr oder weniger gut aufgelegten Bruders hängt. Sylvies Leben hallt von den Wänden wider, jeder muss seine Geschichte mit der ihren vergleichen und urteilen: normal, nicht normal, vertraut, verrückt, pathologisch. »Das ist eine merkwürdige Art zu lieben, wirklich abscheulich«, sagt Gérards Schwester. Sylvie selbst scheint ihre Geschichte wiederzuentdecken. Später, als ich die Fotos der Gerichtsverhandlung betrachte, bemerke ich ein auf ihre Hand geschriebenes Wort. Indem ich das Bild heranzoome, glaube ich »Ohrfeigen« zu erkennen. Brauchte sie eine Gedächtnisstütze, um daran zu denken, vor Gericht die Ohrfeigen zu erwähnen, die Gérard ihr gegeben hatte? Sylvie L., sagen mir ihre Anwältinnen, habe lernen müssen, was in ihrem Leben Gewalt war.

Die Psychiater bestätigen: »keine geistige Verwirrung, keine pathologische Psychose«, »schwere Depression«, »sie bewahrte sich ein Minimum an freiem Willen«, »gefangen in ihrer eigenen Abhängigkeit mehr als unter dem Einfluss ihres Ehemanns«, »Geiselsyndrom«.

Im Saal ist auch Eva Darlan, Mitglied des Komitees zur Unterstützung von Jacqueline Sauvage. Alle, die der Verhandlung lauschen, denken an sie. Man vergleicht die Märtyrerinnen, das Ausmaß der Gewalt und der Gegengewalt. Wenn die eine zehn Jahre bekommen hat, wie viele stehen dann der anderen bevor, die ihren Mann im Schlaf getötet hat?

Ein anwesender Journalist twittert: *»Ich bin froh, keiner der Geschworenen zu sein.«* Das sehe ich genauso. Ich hätte meinen Mann wegen eines harmlosen Krachs beinahe getötet, und ich weiß nicht, wozu Vergewaltigungen mit einer Bierflasche mich getrieben hätten.

Am Abend, nach der Rückkehr von der Gerichtsverhandlung oder noch während ich mit den anderen Zuschauern den Saal verlasse, frage ich mich, was wohl ein Richter denken würde, der in mein Leben hineinschaute. Die Fragen der Vorsitzenden haben eine Art Norm erkennen lassen, von der ich nicht genau weiß, ob sie mir ganz angemessen ist.

Meine Schwester und ich machen uns über den Tag lustig, an dem sie so wütend war, dass ihr Ex sie an einem Heizkörper festband. Einst erzählte mir eine Freundin, dass der Mann, mit dem sie in einer schrecklichen Beziehung lebte, sie unter einem Kopfkissen beinahe erstickt hätte, so dass sie geglaubt habe, sie sterbe. Meine Schwester hat zwei Kinder von jenem Mann bekommen, sie waren glücklich, und sie selbst konnten über die Geschichte mit dem Heizkörper lachen. Meine Freundin hingegen ist abgehauen. Aber wenn die Dinge sich anders entwickelt hätten, wenn wir uns vor einem Schwurgericht einfinden müssten, würde die Richterin, indem sie Autorität und Empathie maßvoll dosiert und versucht, überrascht zu wirken, obwohl sie so etwas doch den ganzen Tag lang hört, mir in einem über die Jahre verfeinerten Ton sagen: »Sie führen mutwillig einen Verkehrsunfall herbei und nehmen nicht zur Kenntnis, dass es ein kleines Problem in Ihrer Paarbeziehung gibt?« Beziehungsweise: »Ihre Schwester wird an einem Heizkörper festgebunden und Sie beide lachen darüber?« Ja, würde ich sagen, aber Sie müssten meine Schwester kennen, ich selbst habe ihr, als wir noch in einem Alter waren, in dem man handgreiflich wird, auch schon eine Gabel ins Gesicht geworfen. Natürlich würde sie das nicht überzeugen. »Ihre Freundin wird unter einem Kopfkissen beinahe erstickt und Sie bringen sie nicht dazu, Anzeige zu erstatten?« Nein, das stimmt, ich zähle sie nicht zur Kategorie der misshandelten Frauen, ich habe ihr nicht gesagt: Nimm die Sache in die Hand und geh zur Polizei. Keine ähnelt den Frauen mit geschwollenen Gesichtern aus den Präventionskampagnen. Keine von ihnen hat eine *Gewaltgeschichte*, und auch nachher haben sie keine Gewalt erduldet. Ich weiß nicht einmal, ob sie ein Teil der Statistik sind.

Es sind Töchter des Glücks, in das sie hineingeboren wurden, sie sind gebildet und haben alle Möglichkeiten. Ich tue mich selbst schwer damit, das in einen Topf zu werfen, als ob es eine Unhöflichkeit wäre, *dennoch gibt es Schlimmeres*, jawohl, noch viel Schlimmeres.

Aber ich wette, dass die Richterin selbst genau weiß, dass es all die »merkwürdigen Arten zu lieben« gibt, wie seine Schwester so sanftmütig über Gérard sagt, und dass das manchmal ein Leben lang andauert, wie bei Sylvie, die nun dasteht und das erklären soll. »Das war unsere

Art zu leben, das war's«, sagt sie abschließend. Zwischen all den unterschiedlichen *Arten zu leben*, den *merkwürdigen Arten zu lieben* besteht die ganze Ungerechtigkeit der ungleichen Mittel, die einem im Angesicht der Gewalt zur Verfügung stehen.

Sylvie L. wurde zu neun Jahren Gefängnis verurteilt. Vor der Fernsehkamera versuchte sich ihr Anwalt an einer dieser wackligen Erklärungen: »Das ist sicherlich ein gutes Ergebnis, doch wenn man sich die uns vorliegenden Akten näher anschaut, kann man nicht zufrieden sein. In Wirklichkeit sind wir sehr enttäuscht.«

Andere Prozesse

Die beiden Anwältinnen Janine Bonaggiunta und Nathalie Tomasini haben sich auf Gewalt gegen Frauen spezialisiert. Auf der Internetseite ihrer Kanzlei BT & Associés stellen sie sich, in Leder gekleidet, gemeinsam in Positur. Das Foto entspricht den Konventionen des Genres, es könnte sich um zwei Kommissarinnen aus einer Krimiserie handeln. Die Kanzlei bietet außerdem therapeutische Dienste an, und Janine Bonaggiunta arbeitet darüber hinaus auch als Coach. »Wirksamer moralischer und juristischer Beistand; präziser Rat, um die Fehler zu vermeiden, die man nicht begehen sollte; ein Coaching, das Sie auf Ihre Verhandlungen vorbereitet… Die Anwaltskanzlei BT & Associés unterstützt Sie, solange Ihr Verfahren dauert.«

Janine Bonaggiunta und Nathalie Tomasini kämpfen für die Schuldunfähigkeit von Frauen, die Opfer von Gewalt geworden sind. Das bekräftigen sie auch in den Medien: »Die Justiz sollte grundsätzlich anerkennen, dass misshandelte Frauen häufig schuldunfähig sind.« In ihrem Plädoyer sagte Frau Tomasini: »Wenn Jacqueline Sauvage heute als Täterin erscheint, die schuldig sei, ihren Mann ermordet zu haben, so ist sie in Wirklichkeit das Opfer.« Außerdem: »An jenem Tag ist sie geplatzt. Doch welches andere Mittel blieb ihr, um aus dem Kreislauf der Gewalt auszubrechen?«

In einer ihnen gewidmeten langen Reportage auf France 2, in der sie »Janine und Nathalie« genannt werden, erscheinen sie ihrerseits nahezu verletzlich. Mit dunklen Brillen und in Daunenjacken mit Pelzkragen, zugleich rührend und schrecklich stereotyp, statten sie einer ihrer illustren Mandantinnen einen Besuch im Gefängnis ab. Der Journalist begleitet sie anlässlich eines Prozesses wegen Vergewaltigung und versuchten Mordes. Auf der Zugfahrt sagt die eine zur anderen: »Dieses Mal werde ich versuchen, mein Plädoyer frei zu halten, und ich versichere dir, dass ich das hinbekommen werde. Und dann werde ich vielleicht geschafft sein…« Sie selbst scheinen ihrem Gegenspieler Eric Dupond-Moretti, einem Monument der Stärke und Verachtung, so hilflos gegenüberzustehen. Ich stelle mir vor, wie verzweifelt ich sein müsste, um die beiden beruhigend zu finden.

In der Woche nach dem Urteil im Berufungsprozess gegen Jacqueline Sauvage wurden auf der Internetseite Change.org – einer Plattform, auf der Bürger Texte frei veröffentlichen können – siebzehn Petitionen bereitgestellt, um für Jacqueline Sauvage eine Begnadigung durch den Präsidenten zu erbitten. Aus den Petitionen, die zumeist nur fünf bis zehn Leute unterschrieben hatten, ragten zwei mit jeweils schon mehreren zehntausend Unterschriften heraus. Am 8. Dezember 2015 entschlossen sich die Betreiber von Change, die die Aktivitäten auf der Seite kontrollieren, die beiden verantwortlichen Frauen zu kontaktieren, um deren Petitionen zu vereinen. Immer wenn sie sich entschließen, eine Petition zu unterstützen, prüfen sie das Begnadigungsgesuch, indem sie es von ihnen so genannten *sensiblen Nutzern* vorlegen, das heißt Leuten, die bereits einen Text für die Rechte von Frauen unterzeichnet haben. Eine E-Mail mit der Betreffzeile *»Wir glauben, diese Petition könnte Sie interessieren«* wird an einige tausend Adressen verschickt. Die Rate der Unterzeichner lag in diesem Fall bei 14 Prozent, was ein ausgezeichneter Wert ist, und die Petition führte nicht dazu, dass Leute sich von der Webseite abmeldeten, im Gegenteil: Sie wurde, da Change nicht »polarisiert«, immer weiter verbreitet. Am 10. Dezember, eine Woche nach dem Ende des Prozesses, hatten 60.000 Personen unterschrieben. Zwei Tage später versammelten sich Dutzende von Frauen auf der Place du Châtelet in Paris, um eine Begnadigung durch den Präsidenten zu fordern. Dabei waren Femen, die Schauspielerin Eva Darlan und die beiden Anwältinnen Janine Bonaggiunta und Nathalie Tomasini. Am 22. Dezember wurde dem Präsidenten das Gnadengesuch übergeben. 165.000 Personen hatten die dem Gesuch beigefügte Petition unterschrieben.

Die Zeitung *Libération* wandte sich in der Ausgabe vom 23. Dezember direkt an Präsident François Hollande und plädierte auf Notwehr. Der Artikel enthielt allerdings einige wesentliche Fehler: »Bis zu ihrem Prozess sagte sie, sie sei nicht im Bilde gewesen, ob ihr Mann zwei ihrer drei Töchter vergewaltigt habe.« Tatsächlich hatte sie aber bereits nach ihrer Festnahme darüber gesprochen. »An jenem Nachmittag nahm sie eine große Dosis Schlafmittel ein, ehe sie sich in ihrem Zimmer hinlegte.« In Wirklichkeit wurde einige Stunden später kein Stilnox mehr entdeckt, so dass selbst die Einnahme von Schlafmitteln geleugnet werden konnte. »Jacqueline Sauvage hat die Waffe geladen und aus nächster Nähe auf Norbert Marot geschossen, einige Minuten nachdem er sie geschlagen hatte, doch die Geschworenen zogen Notwehr nicht in Betracht.« Niemand aber weiß, wie viel Zeit zwischen den Schlägen, die Norbert seiner Frau versetzt hat, und seinem Tod verstrichen ist. In diesen Einzelheiten – die, wenn sie stimmten, zweifellos zu einem anderen Urteil geführt hätten – zeichnet sich eine andere Geschichte ab. Valérie Boyer, Abgeordnete der Republikaner (LR), wurde lange befragt. Sie arbeitete zusammen mit den beiden Anwältinnen an einem Gesetzesvorhaben zur zeitversetzten Notwehr.[2] Dabei ging es darum, »Frauen zu schützen, die als schuldig angesehen werden, obwohl sie Opfer sind«, erklärte sie.

Man brauchte nur die Ecken des Teppichs hochzuheben, um auch andere Stimmen zu hören. Denn angesichts der Unterstützung Jacqueline Sauvages auf der einen Seite formierte sich auf der anderen ein Lager der Skeptiker und Zweifler. Der dritte Prozess der Jacqueline Sauvage, und zwar einer, den ihr weder Journalisten noch Politiker machen konnten, fand in den sozialen Medien statt. Hinter der scheinbaren Einstimmigkeit sorgte die Geschichte für Diskussionen. Plötzlich wurde der Alltag der Familie Marot allerlei Urteilen unterworfen. Nun, warum sind Sie denn nicht abgehauen? fragten Polizisten, Anwälte, Richter, Leser der *Libération*, des *Causeur* oder von Yahoo. Die Mauern des Hauses wurden eingerissen, und jeder schaute sich ein eigens für das Publikum wiederaufgeführtes Familienleben an. *Was erlauben Sie sich, das zu beurteilen?* hielt die eine Seite der anderen entgegen. Da gab es welche, die sagten: Zweimal wurde sie von einem Geschworenengericht verurteilt, das sich

2 Légitime défense différée: Diese in Kanada anerkannte Form der Notwehr ist im französischen Recht nicht vorgesehen. In Frankreich gilt, ebenso wie in Deutschland, dass die Verteidigungshandlung einem drohenden Angriff unmittelbar zuvorkommen muss. Entscheidend ist, neben der Rechtswidrigkeit, die Gegenwärtigkeit des Angriffs. (A.d.Ü.)

mit allen Details eingehend beschäftigt hat. Und solche, die darauf mit der Autorität der Erfahrung antworteten: Sie wissen offensichtlich nicht, wie es ist, verprügelt zu werden. Denen wiederum wurde entgegengehalten: Sie wollen in einer von Gefühlen bestimmten Gesellschaft leben, doch wir leben immer noch in einem Rechtsstaat, wir haben die Todesstrafe vor dreißig Jahren abgeschafft, selbst für Kindermörder, man kann keine Selbstjustiz üben, damit würde jedem Missbrauch Tür und Tor geöffnet. Höhnisches Gelächter, ich merkte: Da waren Rechtsprofis am Werk… Und weiter: Bertrand Cantat hat nur acht Jahre bekommen und davon vier abgesessen, die Männer kommen immer besser weg. Antwort: Nur, dass Cantat in Litauen war, man kann Unvergleichbares nicht vergleichen, zudem handelte es sich um fahrlässige Tötung, das ist nicht das Gleiche, wie jemandem drei Kugeln in den Rücken zu schießen. Ein Geschworenengericht hat sie zweimal verurteilt, was erlauben Sie sich … Ja, aber man kann *zweimal* falsch urteilen, das kommt vor, das ist auch Loïc Sécher[3] passiert, usw.

Es hieß, *ihr Platz* sei im Gefängnis. Nein, *ihr Platz* sei bei ihren Töchtern.

Den Medien warf man vor, ein allzu eindeutiges Bild der Angeklagten zu entwerfen. Dabei würde es genügen, sich dieselben Medien genauer anzusehen, um Nuancen zu finden. Aber es stimmt: Man muss danach suchen.

3 Loïc Sécher wurde im Jahr 2000 von einem minderjährigen Mädchen des sexuellen Missbrauchs beschuldigt. Nachdem er sieben Jahre Haft verbüßt hatte, widerrief die inzwischen junge Frau ihre Anschuldigung. (A.d.Ü.)

Dass der Vater die Töchter missbraucht hat, wurde Jacqueline Sauvage mal als Teil ihres Martyriums zugute, mal als Beweis ihrer Komplizenschaft entgegengehalten. Und beweist nicht das strenge Urteil, dass unsere Justiz für das Leid der Frauen blind ist oder dass man die ganze Geschichte nicht kennt?

Immer mehr Stimmen meldeten sich zum Fall Sauvage. Jean-Marie Le Pen äußerte sich dazu in seinem gefilmten Logbuch. Er fand die Situation *uneindeutig*, immerhin... »Ich wurde zu dem Fall befragt, irgendetwas beunruhigte mich an der Geschichte der Sauvage, die zweimal verurteilt worden war... Nun, ich stellte mir die Frage, ob die Sache nicht doch etwas komplizierter war, als man uns sagen wollte, und ob sie nicht von der feministischen Bewegung instrumentalisiert wurde ...« »Ja, ja«, pflichtete die Interviewerin verständnisvoll bei, »von dem Künstler und der Bürgermeisterin von Paris.« Jean-Marie Le Pen ignorierte die Bemerkung und fuhr fort: »Wie hat sie das 47 Jahre lang ausgehalten, obwohl sie doch abhauen konnte? Und wie konnte sie sogar die Vergewaltigung ihrer Töchter ertragen, ohne ihn anzuzeigen?«

Im Radio erzählte Eva Darlan, Vorsitzende eines Unterstützungskomitees, sie habe eine Nachricht von »MLP«, das heißt von Marine Le Pen bekommen. Tatsächlich wurde die Petition über die Plattform der Anhänger Marine Le Pens sehr weit verbreitet und rief dort auch einige Reaktionen hervor. Ein gewisser Kabout, dessen Leidenschaft »Schießen und Waffen« sind, hinterließ am 23. Dezember folgende Nachricht: *»Ja, ich habe die Geschichte ein bisschen verfolgt, obwohl diese Dame einen Menschen getötet hat, jedoch um sich selbst und ihre Töchter aus den Händen eines tyrannischen Mannes zu ›retten‹, der Präsident hätte sie schon begnadigen sollen! Nein, diese Regie-*

rung hält es lieber mit Drogenhändlern und solchen Leuten, die Franzosen (die echten) bekommen ihre volle Strafe, Hollande würde aus der Geschichte ein bisschen größer hervorgehen, wenn er eine Begnadigung gäbe, aber gut, die Fahne dreht sich nach dem Wind.«[4]

Auf der Webseite »Riposte laïque« aus dem Dunstkreis der identitären extremen Rechten wurde dazu aufgerufen, »Jacqueline Sauvage zu Hilfe zu eilen, die drei Nachteile auf sich vereint: Sie ist weiß, eine Frau und ›alt‹«. – »Hat sie einen blutigen Anschlag auf eine satirische Zeitschrift verübt, deren Karikaturen sie anstößig fand? Nein! Hat sie zahlreiche unschuldige Kunden eines Supermarkts als Geiseln genommen unter dem Vorwand, sie seien Juden und darum unrein? [...] Hat sie ihr seelisches Gleichgewicht verloren und ist also der heutigen Strafprozessordnung gemäß zu entschuldigen? Doch wohl nicht! Belieben Sie zu scherzen? Eine weiße Bürgerin zu entschuldigen? Schon gar nicht in einer Gesellschaft, in der man sich in der vorherrschenden Hautfarbe immer weniger wohlfühlt...«

Auf der Seite der Neuen Antikapitalistischen Partei (NPA) stand zu lesen: »Es ist notwendig zu kämpfen, nicht nur für den Freispruch von J. Sauvage, sondern auch für die Anerkennung der zeitversetzten Notwehr und des Femizids, für ein lebenslanges Grundeinkommen für alle, das die finanzielle Unabhängigkeit der Frauen sichert, so dass keine mehr gezwungen ist, ihr Eheleben zu erdulden, nur weil ihr sonst das Gehalt fehlte, sowie auch für eine Verbesserung der Betreuung der Opfer

4 Im Original enthält die Mitteilung einige Rechtschreibfehler. Zum Beispiel heißt es zweimal »grasse« (fettig) statt »grâce présidentielle« (Begnadigung durch den Präsidenten). (A.d.Ü.)

häuslicher Gewalt, die die sexistischen Vorurteile, die Beschuldigung der Opfer, die milden Strafen und die Freisprüche für ihre Täter satt haben.«

In der Zeitung *Le Quotidien du communisme* war man damit nicht einverstanden: »Man macht sich die Wirklichkeit viel zu einfach, wenn man wie zum Beispiel Suzy Rojtman, die Sprecherin des Nationalen Kollektivs für die Rechte der Frauen, sagt, Jacqueline Sauvage ›wurde ständig geschlagen, sie wurde vergewaltigt, die Mädchen wurden vergewaltigt, und sie hat es nicht geschafft, Anzeige zu erstatten, weil ihr niemand half‹. Das ist eine infantilisierende Vorstellung der Massen, die in Wirklichkeit alles können.«

Die Leute, die sich zu Wort meldeten, streckten ihre Fühler aus. Ja, man konnte eine Menge sagen: Die Justiz sei unfähig, die französischen Männer weniger gewalttätig als die anderen, die misshandelten Frauen würden nicht geschützt, sie sollten für schuldunfähig erklärt werden. Die Polizei übrigens auch. Am 28. Januar 2016 setzte folgerichtig auch der LR-Abgeordnete Eric Ciotti seine Unterschrift unter die Petition. Er hatte bereits zwei Gesetzesvorhaben zur zeitversetzten Notwehr entworfen. Der regelmäßig aufs Tapet gebrachte Vorschlag zielte darauf, die Vorschriften zur Selbstverteidigung von Polizisten zu lockern. Die Abgeordnete Valérie Boyer, die ebenfalls an einem Gesetzesvorhaben zur zeitversetzten Notwehr misshandelter Frauen arbeitete, hatte sie mitunterzeichnet.

Jacqueline Sauvage wurde in den erlauchten Kreis der Helden des Zeitgeschehens aufgenommen, die aus dem Chaos herausragen. Wenn man ihren jahrzehntelang erduldeten Leidensweg beklagt, muss man sich einmal die zusätzliche Gewalt vorstellen, die dieser Medienrummel selbst in der Form der Unterstützung bedeutete. Bei *Gala* bekam sie, wohl oder übel, ihre eigene Seite in der Rubrik »Stars und feine Gesellschaft«. Da gab es Links zu diversen anderen Veröffentlichungen auf *Gala*, etwa einem Interview mit einer Schauspielerin, die sagte: »Ich glaube, Jacqueline Sauvage hat genug bezahlt.« Aber sie saß noch immer in Haft, wo sie auf die Entscheidung derer wartete, die wirklich die Macht hatten, sie freizulassen.

Die Ministerin

Laurence Rossignol wurde am 11. Februar 2016, wenige Tage nach der teilweisen Begnadigung durch Präsident François Hollande, als Ministerin für Familie, Jugend und die Rechte der Frauen ernannt. Fünf Tage später gab sie der Zeitung *Libération* ein Interview, in dem sie sagte: »Die Schuld der Frauen ist das Sparkonto der Gesellschaft, bei dem sich jeder bedient.« Natürlich sprach sie von einem Schuld*gefühl* der Frauen, doch klang diese Aussage im Zusammenhang mit dem Fall Jacqueline Sauvage merkwürdig.

Dies sagt sie, als sie mich etwas später in ihrem Ministerium empfängt, zu dem Fall und zu den Fragen, die die *Schuld* Jacqueline Sauvages aufwirft:

»Das Erste, was mir an dieser Geschichte auffiel, waren die schnelle Meinungsbildung und die Empathie, die Jacqueline Sauvage entgegengebracht wurde.

Nach und nach bildete sich ein großer Konsens heraus: Ich kenne niemanden mehr, der behaupten würde, Gewalt gegen Frauen lasse ihn gleichgültig. Lange Zeit dachten die meisten, es handle sich um eine ›private Angelegenheit‹, die etwas über Paarbeziehungen offenbare, die Gesellschaft jedoch nichts angehe. Insofern bedeutet die Geschichte Jacqueline Sauvages zunächst einmal einen Fortschritt, einen Bruch mit der allgemeinen Toleranz in dieser Frage.

Natürlich habe ich die Sache auch von einem juristischen Standpunkt betrachtet. Von den politisch Verantwortlichen wird nunmehr erwartet, dass sie zu allem eine Meinung haben, über alles sprechen und auf jedes Ereignis reagieren. ›Wie, Jacqueline Sauvage wurde verurteilt und du hast nicht einmal einen Tweet gesendet?‹

Da es sich aber um eine Entscheidung der Justiz handelt, verlangt die Gewaltenteilung, dass man seine Worte gründlich abwägt, was in nur 140 Zeichen sicher unmöglich ist.

Seit eine Begnadigung gefordert wurde, hat der Präsident die Akten studiert. Ich spreche mit ihm darüber und erörtere diese Fragen mit seiner Beraterin. Die Ausübung des Gnadenrechts ist kompliziert, vor allem wenn man eine doppelte Entscheidung eines Geschworenengerichts aufheben muss. Bekanntlich stehen die Richter dem Gnadenrecht sehr feindselig gegenüber. Zu beachten ist, dass im Fall Jacqueline Sauvage immerhin zwei Geschworenengerichte dieselbe Entscheidung getroffen haben. Man fragt sich: ›Zweimal, wie ist das möglich?‹ Das war nicht einfach.

Der Druck der Medien war enorm, und es gab eine schwere Strafe. Zudem wird die mediale Erzählung der Komplexität der Akten nicht ganz gerecht.

All das spüre ich. Einerseits weiß ich, warum die Richter so geurteilt haben, wie sie es taten, und ich erkenne genau, was sie dazu geführt hat. Doch kann man das nicht mehr sagen, da man Jacqueline Sauvage sonst einen dritten Prozess machen würde. Und das will niemand.

Das ist der ganze Erfolg der Anwältinnen: Der Fall, den sie der Öffentlichkeit präsentieren, entspricht nicht der Darstellung der Akten, mit denen die Justiz sich befasst hat. So als gäbe es zwei Fälle: den der Jacqueline Sauvage, so wie er in den Akten steht, und die Geschichte, mit der an die öffentliche Meinung appelliert wird.

Man kann die Justiz nicht ständig in Frage stellen. Wenn man die Institutionen der Republik nicht respektiert, erst recht als Ministerin, ist keine Regelung der Gesellschaft mehr möglich. Doch das Urteil war so streng, dass man durchaus das Gefühl hat, diese Frau sei schlecht verteidigt worden.

Ich glaube nicht, dass die Richter heutzutage gewalttätigen Männern entgegenkommen. Sie haben gezeigt, dass ein Geschworenengericht der Tatsache durchaus Rechnung trägt, dass das Opfer, ehe es getötet wurde, selbst Gewalt ausgeübt hat. Man kennt eine bestimmte Zahl ähnlicher Fälle, in denen angeklagte Frauen zu milderen Strafen verurteilt wurden, da man berücksichtigte, was sie erduldet hatten.

Auf Notwehr zu plädieren, das konnte für die Beschuldigte nur schieflaufen. Ich kenne keinen anderen Fall, in dem Notwehr in Betracht gezogen wurde bei einem so großen zeitlichen Abstand zwischen den Taten, welche die Notwehr und den Mord rechtfertigen würden.

Vermutlich haben die Anwälte sich zunächst für eine riskante Verteidigung entschieden, da sie ja den Fall an die Medien weitergaben, an die öffentliche Meinung appellierten und eine Begnadigung forderten. Ein Problem haben wir damit, dass dadurch eine Debatte ausgelöst wurde, die auf eine Änderung des Strafrechts zielt. Seit Sarkozy brauchen wir für jedes Vorkommnis ein Gesetz. Und sofort sind wohlmeinende Leute zur Stelle, die in Anbetracht des Falls Jacqueline Sauvage ein Gesetz zur zeitversetzten Notwehr verlangen.

Nun also ein Gesetz zur zeitversetzten Notwehr, das ist unmöglich!

Als Ministerin für die Rechte der Frauen begrüße ich es, dass die Geschworenengerichte die Komplexität der Gewalt, die Frauen angetan wird, begreifen und auch berücksichtigen, was das Opfer dazu gebracht hat, seinem Leiden ein Ende zu setzen. Die Anerkennung der zeitversetzten Notwehr ist jedoch nicht dasselbe wie strafmildernde Umstände. Die zeitversetzte Notwehr anzuerkennen bedeutet, dass die ganze Arbeit, die für die Aufnahme der Opfer, für die Einreichung der Klagen, für die Begleitung der Frauen auf die Kommissariate und Polizeireviere, für die Unterbringung der Frauen, die Opfer von Gewalt wurden, für nichts mehr gut ist. Damit würde man all das zunichte machen und seine Niederlage eingestehen.

Auch wenn ich nicht naiv bin: Die Statistiken belegen, dass trotz allem, was getan wurde, die Zahl der jährlichen Morde noch immer hoch ist. Doch das Vorgehen der öffentlichen Gewalt und der Verbände erlaubt mehr als früher auch den Frauen, sich der Gewalt zu entziehen und zu Wort zu melden und so zu erwirken, dass man sich um sie kümmert. Es ist also keine totale Niederlage.

Vom Standpunkt der Ministerin für die Rechte der Frauen wäre es eine Art Verzicht. Man tut nicht alles, was man tut, all die Gesetze, man wendet nicht all die Mittel auf, die man aufwendet, all die Energie, um die Polizisten und Richter zu schulen, die die Frauen, die Opfer von Gewalt wurden, begleiten sollen, damit sie der Gewalt entkommen, um nach fünfzehn Jahren den Schluss zu ziehen, dass man die zeitversetzte Notwehr anerkennen muss.

Unser Ziel ist es, zu handeln, bevor sie tot sind, aber auch zu handeln, bevor sie töten, sie vor Gericht zu begleiten, um die Schuldigen zu verurteilen. Wenn die Taten nicht vor Gericht gebracht werden, ist es schwierig, nachher zu sagen, die Justiz habe nichts getan. Manche trotzen allen Schwierigkeiten und gehen vor Gericht und andere nicht. Doch wir sind nicht alle gleich gut in der Lage, uns zu verteidigen. Auch das muss man dabei berücksichtigen.«

Kleine Großzügigkeit

Am Freitag, dem 29. Januar 2016, empfing der Präsident die Familie Jacqueline Sauvages und die Anwältinnen im Élysée-Palast. Vom Gnadenrecht hielt der Präsident nicht viel, er selbst hatte seinerzeit versucht, es abzuschaffen. Pascale Boistard, Staatssekretärin für die Gleichstellung von Frauen und Männern, hatte dem Präsidenten eine Notiz vorgelegt. Sie hatte keinen Zugang zu den Akten gehabt, aber ihr Schriftstück erklärte im Wesentlichen, warum misshandelte Frauen so weit gebracht werden können, jemanden umzubringen, und begründete damit die Begnadigung. François Hollande teilte mit, er brauche »Zeit zum Nachdenken«, und am folgenden Wochenende beriet er sich mit den neuen Ministern, mit Jean-Jacques Urvoas, dem Premierminister, Manuel Valls und Laurence Rossignol, der künftigen Ministerin für die Rechte der Frauen.

Wie beurteilte Hollande sein Handeln im Nachhinein? Es war nicht das erste Mal, dass der Präsident sich mit dem Schicksal eines Bürgers befasste, um aus einer allgemeinen Empörung persönlichen Nutzen zu ziehen. Seine Intervention zugunsten von Leonarda im Jahr 2013, einer Schülerin aus einer Roma-Familie, der er schließlich erlaubte, nach Frankreich zurückzukehren und dort zur Schule zu gehen, jedoch ohne ihre Familie, hat diese so berechnende und im Grunde grausame Humanität offenbart. Die Großzügigkeit, die er so geschickt an den Tag legen wollte, stellte allerdings niemanden zufrieden, ganz gewiss nicht das fünfzehnjährige Mädchen, das selbstverständlich lieber mit seiner Familie zusammenbleiben wollte. Doch wer hätte ihm diesmal seine Barmherzigkeit zum Vorwurf machen können? Niemand war wirklich gegen Jacqueline Sauvage und auch niemand bereit, das Andenken Norbert Marots zu verteidigen. Hollandes Geste konnte also nur menschlich sein.

Glaubte er, die Justiz habe unrecht? Das Urteil sei unmoralisch? Was dachte er darüber, dass unter all den Opfern häuslicher Gewalt eine Frau war, die einen Mord begangen hatte, der zu einem Symbol geworden war? *Niemand will Jacqueline Sauvage einen dritten Prozess machen*, hat die Ministerin Laurence Rossignol gesagt. Sie wurde unberührbar, zu einer Ikone. Wenn sie, wie man glaubte, schlecht verteidigt worden war, so war sie trotz allem, ungeachtet der Akten, das Opfer einer Ungerechtigkeit. Allerdings nicht der, die man sich gemeinhin vorstellt: Sie ist weniger das Symbol der misshandelten Frauen, die gerettet werden, als eine Frau, die das doppelte Pech hat, dass der Rest des Lebens, das sie retten wollte, ihr vielleicht genommen wird, um einer Sache zu dienen, die größer ist als sie selbst. Doch die Unklarheit mag dem Präsidenten gut zu Gesicht stehen, der davon profitiert, wenn das Foto schön ist.

Am 31. Januar veröffentlichte der Élysée-Palast die Entscheidung François Hollandes: »Der Präsident der Republik hat in Anwendung des Artikels 17 der Verfassung und nach Beratung mit dem Justizministerium entschieden, Frau Jacqueline SAUVAGE einen Gnadenerlass ihrer Haftstrafe von zwei Jahren und vier Monaten zu gewähren, so dass die ihr verbleibende Haftzeit somit abgegolten ist. Diese Begnadigung erlaubt ihr, sofort einen Antrag auf bedingte Haftentlassung zu stellen. Angesichts einer menschlichen Ausnahmesituation wollte der Präsident der Republik es Frau Sauvage ermöglichen, unter Beachtung der Autorität des Rechts in kürzester Zeit zu ihrer Familie zurückzukehren.«

Was hätte Nobert Marot von der neugewonnenen Macht seiner Frau gehalten, von den Bataillonen von Frauen, die er in Bewegung gesetzt hat, von den Titelseiten der Zeitungen und vom Präsidenten der Republik, dem er nun im Kostüm des Täters erschien? Was hätte er sich für seine Frau gewünscht? Gefängnishaft oder Freiheit? Wo hätte er *seinen Platz* gefunden?

Die Begnadigung wurde seitens der politischen Klasse einhellig begrüßt. Dennoch hat der Präsident aus dem Fall Jacqueline Sauvage kein Kapital schlagen können. Um die Beute wurde weiterhin gestritten. Christiane Taubira, die als Justizministerin wenige Tage später zurücktrat, schrieb: »Ich bin froh, dass der Präsident meinen Argumenten gefolgt ist.«

Das war ein Sieg für die halbe Million Unterzeichner, aber auch eine nicht unbeträchtliche Schmach für die Justiz. François Hollande war auf halbem Wege stehengeblieben: Indem er sich nur für eine teilweise Begnadigung entschied, entschloss er sich, Jacquelines Freilassung den Gerichten zu überlassen. Am 8. Februar wurde sie in das Gefängnis von Réau in Seine-et-Marne überstellt, wo mit Blick auf ihre mögliche Freilassung zunächst einmal ihre *Gefährlichkeit* festgestellt werden sollte.

Solidaritäten

Angesichts der unerbittlichen Statistiken über häusliche Gewalt gibt es ungläubige Frauen, die zwischen diesen Zahlen und ihren persönlichen Erfahrungen – dem, was sie um sich herum wahrnehmen oder auch nicht – hin- und herschwanken, und auch solche, die die bloßen Zahlen sogleich mitten ins Herz treffen. Doch wenn die Geschichten sich von der Statistik zu lösen beginnen und menschliche Gestalt annehmen, erzählen sie uns von Unterwürfigkeit, Kompromiss und wahnwitzigen Vergebungen, von der Notwendigkeit, die Kinder zu schützen, sich selbst zu schützen, von Ängsten, die nicht unbedingt Gewalterfahrungen voraussetzen, und von Urängsten, mit denen man selbst in unterschiedlichem Maße vertraut ist. Das Familienleben bietet zwei Arten von Unsicherheit: Die eine lässt einen fürchten, man könnte alles verlieren, und die andere bringt einen auf den Gedanken, alles zu beenden und abzuhauen. Die auf dem schmalen Grat zwischen diesen beiden Möglichkeiten des Scheiterns wandern, wissen genau, wie man lernt, mit Illusionen umzugehen, Gefühle zu entstellen und den Preis der Einsamkeit einzuschätzen.

Man sieht brutale Leute, die Mitleid für die Opfer empfinden, und andere, die sich als resolut gesetzestreu erweisen. Eine Frau aus meinem Bekanntenkreis, obschon sie sich von Empathie sonst nur wenig mitreißen lässt, wird lebhaft, wenn sie den Namen Jacqueline Sauvage hört. Ihre Reaktion überrascht mich. Sie ist niemals auf der Seite der Schwachen, sie hat ein robustes Gemüt und versteht zum Beispiel nicht, warum Dicke nicht abnehmen, darum würde ich logischerweise erwarten, dass sie auf der Seite derer steht, die sagen: »Sie hätte nur abhauen müssen.« Ich habe meine Bekannte nie als ein mögliches Opfer wahrgenommen, und zum ersten Mal frage ich mich, welche Schmerzen sie hinter ihrer Rohheit verbirgt, dass sie ein instinktives Mitgefühl für Jacqueline Sauvage empfindet. Auch meine Mutter, deren Empörung sich sonst sehr nuanciert äußert, sagt im Brustton der Überzeugung: »Lasst sie doch in Frieden!« Uralte Gefühle scheinen da an die Oberfläche zu kommen.

In ihrem Essay »Selbstverteidigung« erklärt die Philosophin Elsa Dorlin den Begriff der *dirty care*: Was, fragt sie sich, wenn die von den Frauen den Männern vorbehaltene Bereitschaft, sich um den anderen zu kümmern, nicht nur das Produkt einer historischen sozialen Arbeitsteilung wäre, sondern aus Angst herrührte? Die zwanghafte Achtsamkeit gegenüber dem anderen beschreibt sie als eine Überlebensstrategie, »die darin besteht, sich ständig in die Absichten des anderen hineinzuversetzen, seinen Willen und seine Wünsche vorauszusehen und zum Zweck der Selbstverteidigung in seinen Vorstellungen aufzugehen. Sie verdankt sich einem äußerst gründlichen und gut belegten Wissen über herrschende Gruppen. [...] Das Objekt dominiert: Seine Perspektive deckt sich vollständig mit der des Subjekts, seine Weltsicht setzt sich auf Kosten des Subjekts durch, seine Auffassung diktiert die Regeln. Überdies ist die Achtsamkeit des Subjekts gegenüber seinem Objekt eine aufreibende Arbeit: Der Grad der Achtsamkeit muss fortwährend erhöht werden, um durch die so erworbene Kenntnis sich selbst verteidigen zu können. Dieses Verhalten duldet in seiner Intensität kaum eine Unterbrechung. Man muss quasi ständig auf der Hut sein, was einen so erschöpft, dass man schwerlich mehr dazu kommt, auf sich selbst zu achten [...]. Anders ausgedrückt, diese ständige Anstrengung, den anderen bestmöglich kennen zu lernen, um zu versuchen, uns gegen das zu verteidigen, was er uns antun kann, ist eine Machttechnologie, die sich ausdrückt in einer Unkenntnis nicht unserer selbst, sondern unseres Handlungsvermögens, das uns fremd, ja entfremdet wird.«[5]

Einigermaßen erschütternd, sich vorzustellen, dass diese Strategie über das buchstäbliche *Überleben* weit hinausgeht. Wenn ich meine eigene Umgebung betrachte, ähneln die Gewalt der Männer und ihre Auswirkungen in nichts dem Schrecken, den einem der Ausdruck *misshandelte Frau* versetzt. Doch das stets besorgte Auf-der-Hut-Sein kann sich auch fernab einer gewalttätigen Beziehung bemerkbar machen. Die übermäßige Sorge um den anderen und die verzehrende Achtsamkeit rühren aus anderen Ängsten her als der vor Schlägen; und auch diese ist aus der Angst geboren, nicht zu gefallen, allein zu sein, verlassen zu werden, der Angst, niemals auserkoren zu werden und niemals Kinder zu bekommen. Sie erzählt von all der Erschöpfung; man ist es leid, zu Diensten zu sein, aber auch, zu gefallen und zu begreifen. Wer wollte bestreiten, dass dabei ein Stück unserer Freiheit verloren geht?

5 Elsa Dorlin, Se défendre. Une philosophie de la violence, Paris 2017 (dt.: Selbstverteidigung. Eine Philosophie der Gewalt, Berlin 2020).

Der Roman *Gone Girl* von Gillian Flynn – Vorlage des gleichnamigen Films, den bestimmte Feministinnen kritisierten, weil er es wagt, eine diabolische Heldin in Szene zu setzen – erzählt die Geschichte einer jungen Frau, die ihren Mann beschuldigt, sie ermordet zu haben, nachdem sie selbst ihr Verschwinden sorgfältig vorbereitet hat. Was mag das Motiv sein, diesem so sympathischen Mann eine Falle zu stellen, fragt sich der Leser. Unter welcher Ungerechtigkeit mag diese vom Leben so verwöhnte junge Frau leiden? In der berühmten Passage über das »coole Mädchen« beschreibt die Erzählerin die Unterwürfigkeit, die sich hinter der Fassade einer scheinbar perfekten Ehe verbirgt: »Das coole Mädchen ist witzig. Das coole Mädchen ist fröhlich. Das coole Mädchen ist sexy. Das coole Mädchen ist niemals wütend auf seinen Mann. Es gibt sich damit zufrieden, mit einem Hauch von Verdruss zu lächeln, und liebevoll bietet es seinen Mund zu einem Blowjob an. Na los, spritz mich an, mir scheißegal, ich bin ein cooles Mädchen.« Das *coole Mädchen* schmiegt sich selbst der Form der männlichen Begierden an und gibt vor, das aus ganzem Herzen zu tun. Während es das Mädchen sein will, »das alle Typen haben wollen«, hat es die Orientierung darüber verloren, wer es wirklich ist. »Ich habe geduldig gewartet – jahrelang –, dass die Waage sich zur anderen Seite neigt, dass die Männer anfangen, Jane Austen zu lesen, zu stricken, so zu tun, als liebten sie den Kosmos, Wettbewerbe für Reisetagebücher zu veranstalten und unter ihren spöttischen Blicken herumzuknutschen. Dann würden sie uns sagen: Ah, das ist ein cooler Typ! Doch das ist noch nie vorgekommen. Im Gegenteil, die Frauen aller Länder sind vereint in ihrer Erniedrigung! Sehr schnell ist das coole Mädchen das normale Mädchen geworden.«

Eines dieser *normalen Mädchen,* eine Frau, die inzwischen Mutter geworden ist, erzählt mir, wie erschöpft sie sei, da sie alles im Haushalt und für ihre Kinder erledigen müsse, deren Vater zudem so unaufrichtig sei, dass er ernsthaft glaube, er tue genauso viel wie sie. Sie sagt, sie würde gern in jedem Raum eine Kamera anbringen, um zu beweisen, was sie alles tut und wovon er nicht einmal Notiz nimmt. Mich überrascht, dass sie auf keine radikaleren Ideen kommt. Sie ist keine Psychopathin wie in *Gone Girl*, sie will bloß Gerechtigkeit, weiß aber nicht, wie sie das bewerkstelligen soll. Da es ihr nicht gelingt, ihn mit Worten zu überzeugen, schafft sie es nicht einmal, wütend zu werden. Gern hätte sie Aufnahmen ihres gemeinsamen Lebens einem Friedensrichter gezeigt in der Hoffnung, dass er zu ihren Gunsten entscheide. Ich kann mir gut vorstellen, dass extreme Umstände Lust auf ein juristisches Schnellverfahren machen. Ebenso kann ich mir vorstellen, dass man von einer Umkehrung der Machtverhältnisse träumt, um wenigstens eine kleine Waffe in der Hand zu haben. Selbst wenn ich mir denke, ich wäre weggelaufen, kann ich mir unschwer die Hoffnung, die Aufheiterungen und die Versagung in je unterschiedlichem Maße ausmalen, und ich ahne, wie man sich von den Belangen auch eines unglücklichen Haushalts vereinnahmen lassen kann. Wenn man gezwungen ist, die Situation vor den Kindern zu verschleiern und die Wirklichkeit in Ordnung zu bringen, spürt man sie wenigstens, man nimmt eine duldsame Haltung ein und gewöhnt sich an die Gewalt. Man kann sich gut vorstellen, wie man, in solchen Verhältnissen lebend, in Gedanken tausendmal den Tod des anderen wünscht, so dass diese Vorstellung einem schließlich vertraut wird und bald nicht einmal mehr weit weg scheint.

Als die Geschwister Papin, zwei Dienstmädchen aus Le Mans, 1933 ihre Herrin und deren Tochter ermordeten, faszinierte dieses Verbrechen die Surrealisten. Paul Éluard schrieb: »In vollkommenster Unterwürfigkeit ließen sie Tadel, Zumutungen und Beschimpfungen über sich ergehen. Angst, Ermattung und Erniedrigung brachten in ihnen allmählich Hass hervor, diesen so süßen Alkohol, der einen heimlich tröstet, denn er verspricht, dass sich ihm früher oder später die Gewalt, die körperliche Kraft hinzugesellt.«

Bruchstücke aus dem Leben von Jacqueline Sauvage

Die sie im Prozess unterstützt haben, beschreiben eine zögerliche, verwirrte und sich widersprechende Frau, die Daten und Erklärungen durcheinandergeworfen habe. Im wirklichen Leben aber erzählt man niemals eine Geschichte zweimal auf die gleiche Weise, es sei denn, es handelt sich um eine Lüge. Jacqueline Sauvage hat ihre Geschichte dutzendmal erzählt. Stücke davon finden sich in den psychologischen Gutachten und Vernehmungsprotokollen… Dennoch muss sie vor einem Geschworenengericht alles noch einmal vortragen. Einzelheiten erweisen sich im Rückblick als entscheidend: die Stunde, als sie aus ihrem Mittagsschlaf erwachte, und ob sie die Patronen in die Schublade oder unter das Kissen des Sessels in ihrem Schlafzimmer gelegt hat.

Hält man sich an die Akten und die verschiedenen Berichte, die vom Prozess und den Zeugenaussagen angefertigt wurden, sowie an das, was sie selbst in ihrem Buch[6] wiedergegeben hat, bekommt man eine Vorstellung, wie der Alltag von Jacqueline Sauvage ausgesehen haben mag. Ist sie gerecht? Berichtet sie von der Stimmung, die in ihrer Familie herrschte, und von der Komplexität der Beziehungen zwischen den einzelnen Perso-

6 Jacqueline Sauvage, Je voulais juste que ça s'arrête (Ich wollte nur, dass es aufhört), Paris 2018. (A.d.Ü.)

nen? Von dem, was zwischen den Schlägen passierte? Gab es in den Mauern dieses großen Hauses manchmal auch etwas wie Leichtigkeit, gar Humor?

Die Geschichte dieser Menschen kann man nicht erzählen, ohne zu fürchten, ihnen abermals Gewalt anzutun. Wenn man an ihrer Stelle spricht, raubt man ihnen unweigerlich etwas, verstümmelt einen Teil der Wahrheit, die sie erlebt haben. Darum muss man sich vergegenwärtigen, dass im Folgenden nur annäherungsweise von dem berichtet wird, was einmal das Leben der Familie Marot war. Doch mit Hilfe verschiedener Prozessberichte kann man versuchen, die Wahrheit so wiederzugeben, wie sie dem Publikum dargeboten wurde, notgedrungen nur zum Teil und gestaltet durch die Aussagen der Angeklagten, der Zeugen, Richter und Anwälte.

Jacqueline Sauvage wurde am 27. Dezember 1947 in Melun geboren. Ihr Vater Jules Sauvage war ein Alleskönner, ihre Mutter nicht berufstätig. Sie wuchs in Maincy in Seine-et-Marne auf. Ihre Kindheit beschreibt sie selbst als glücklich, sie sei liebevoll umsorgt worden. Sie war das jüngste von sieben Kindern, insgesamt fünf Jungen und zwei Mädchen. Ihre einzige Schwester starb mit zwölf Jahren an den Folgen eines Herzfehlers. Als einziges Mädchen und Nesthäkchen wurde sie sehr verwöhnt. »Man hat mir alles erlaubt.« Sie wurde verhätschelt, insbesondere von ihrem Bruder Daniel. Sie erzählt, er habe ihr während des Krieges in Algerien von dort Geschenke geschickt. Mit ihren Eltern verstand sie sich sehr gut, und ihrem Vater, der ihr »überallhin folgte«, stand sie sehr nahe. In der Familie war niemand gewalttätig, wie sie sagt. Der Vater trank nicht, auch die Mutter nicht.

In der Schule kam sie gut zurecht. Nachdem sie mit 14 Jahren ihr Zeugnis erhalten hatte, begann sie eine Ausbildung zur Schneiderin und Büglerin. Da sie es jedoch vorzog, direkt ins Berufsleben einzutreten, schloss sie die Ausbildung nicht ab. Nacheinander übte sie unterschiedliche Tätigkeiten aus: in einem pharmazeutischen Labor, einer Strapsgürtelfabrik, einer Fabrik zur Herstellung von Spritzen, einer Druckerei und einem Geschäft für Unterwäsche in Dammarie-les-Lys. Sie hatte keine Schwierigkeiten, Arbeit zu finden. Liest man über ihre glückliche Kindheit, sieht man mögliche Auswege, auf denen sie ihrem Schicksal hätte entkommen können. Ihr Vater starb 1965, als er vom Dach des Bahnhofs von Melun stürzte, und in ihrem Leben, so scheint es, nahmen die Dinge fortan einen anderen Verlauf.

Mit 15 Jahren lernte sie Norbert Marot kennen. Ihre Beziehung war von Anfang an hitzig. Als sie 16 war, wurde er in eine Erziehungsanstalt eingewiesen. Jacqueline sagt, er habe sie zu »Ausschweifungen« verführt, aber sie war sehr verliebt. »Es gab Augenblicke, da wollte ich ihn nicht mehr sehen, doch er munterte mich wieder auf.«

Ihre Brüder missbilligten ihren Umgang mit ihm. Dabei ging es um die Frage des Erbes, denn ihr Vater hatte Jacqueline als einzige Erbin eingesetzt. Im ersten Prozess erklärt sie: »Da ich die Letzte war, wollte mein Vater das Haus auf meinen Namen überschreiben. Meine Brüder baten mich zu unterschreiben, dass ich ihnen ihren Teil aushändige. Mein Mann wollte nicht, dass ich unterschreibe.«

Die Ehe markierte Jacquelines Bruch mit der Familie. Als ihr Vater starb, war sie schwanger, die Brüder waren gegen diese Verbindung. »Aber meine Mutter war gut, sie hat mich machen lassen.« Jacqueline und Norbert heirateten am 5. Juni 1965, obwohl sie beide noch minderjährig waren: sie 17, er 18 Jahre alt. Drei Wochen später wurde Sylvie geboren.

Das Paar ließ sich mit dem Baby in Maincy nieder, in einem zum Teil vom Vater erbauten Haus ohne fließendes Wasser und ohne elektrischen Strom, nur mit einem Brunnen im Keller. Im ersten Prozess erzählt sie: »Er hatte ein Motorrad, doch nie Geld. Ich half ihm mit dem Nötigsten. Er traf sich auch mit anderen Mädchen.« Fabienne, ihre zweite Tochter, wurde 1966 geboren. Im folgenden Jahr leistete Norbert seinen Militärdienst im 31. Infanterieregiment von Melun, danach arbeitete er als LKW-Fahrer. Pascal, der einzige Sohn, wurde 1968 geboren. Die Familie zog nach Melun. Jacqueline beschränkte ihr Berufsleben auf einige Hausarbeiten. Carole, das jüngste Kind, wurde 1970 geboren. Dann hörte Jacqueline auf zu arbeiten. 1974 zog die Familie in ein Haus, das sie in Selle-sur-le-Bied bauen ließ. »Herr Norbert Marot kümmerte sich weder um die Erziehung der Kinder noch um den Haushalt«, hält der Bericht zur Befragung der Person fest.

1981 wurde Jacqueline in einer Bekleidungsfabrik betriebsbedingt gekündigt, und sie trat in das von Norbert gegründete Transportunternehmen ein. Sie arbeitete in der Verwaltung, und manchmal fuhr sie auch selbst Lieferungen aus. Doch sie war mitarbeitende Ehegattin ohne Entlohnung. Sylvie, die Älteste, absolvierte eine Ausbildung im Gütertransportwesen und wurde Geschäftsführerin des Familienbetriebs. Sie transportierten Getreide und Rüben. Sie hatten insgesamt vier Fahrer, doch die meiste Zeit arbeiten sie mit Pascal und Fabienne.

Norbert war ein nervöser Typ, er schrie »wegen jeder Kleinigkeit« herum, führte Eifersuchtsdramen auf und stand manchmal nachts auf, um zu trinken. Jacqueline war erleichtert, wenn er sich mit dem Lastwagen auf den Weg machte. Die Kinder hatten die Schreie und Beleidigungen stets mitbekommen und ihre Mutter weinen sehen. Der Bericht der psychiatrischen Sachverständigen zitiert eine der Töchter: »Das hat uns in Furcht und Schrecken versetzt. Wir sahen unsere Mutter zitternd in der Küche. Er schlug sie vor unseren Augen, haute ihren Kopf gegen die Wand.« Einmal versuchte er, ihr durch Fußtritte ein Bein zu brechen. »Der Knochen schien kaputt zu sein, ich dachte, ich hätte einen Tritt von einem Pferd bekommen. Ich musste eine Fibroskopie machen, wartete aber, bis ich keine blauen Flecken mehr hatte, ehe ich hinging.« Zahlreiche Nächte verbrachte sie draußen, um ihm zu entkommen. »Ich brachte mich in Sicherheit, ich verschloss die Tür von außen und schlief im Garten hinter den Bäumen.« Norbert nahm ihre Kreditkarten und ihre Schlüssel an sich aus Angst, sie könnte ihm weglaufen.

In ihrem ersten Prozess erzählt Jacqueline, wie sie sich eines Abends, nachdem sie sehr heftig geschlagen worden war, *im Wald in Sicherheit brachte*, völlig verschreckt und verängstigt. »Mein Sohn Pascal suchte mich in der Nacht. Er fand mich und ich blieb bei ihm. Ich war in einem erbärmlichen Zustand. Zwei Wochen ging ich nicht aus dem Haus. Solange ich blaue Flecken hatte, ging ich nicht raus.« Die Vorsitzende: »Niemand, der Ihr Gesicht sah, weder Ihr Sohn noch Ihre Schwiegertochter, hat Sie ins Krankenhaus bringen wollen? Sie verlassen zwei Wochen lang nicht das Haus, Sie haben blaue Flecken. Viele Leute hätten ein Einsehen gehabt, wenn sie

Sie gesehen hätten.« Später kommt es zu folgendem Wortwechsel zwischen den beiden Frauen: »Unter den fünf Erwachsenen Ihrer Familie: niemand? Nie ist jemand eingeschritten? – Er hat mich terrorisiert. – Heißt das, um die Kinder zu schützen, verharrten Sie in dieser Lage? – Er war sehr aggressiv. Er sprach davon, uns umzubringen. – Als Sie vom Missbrauch Ihrer Töchter erfuhren, warum haben Sie da nicht reagiert?« Cécile Henry-Weissgerber, die Anwältin der Nebenkläger, die Norberts Schwester vertritt, fragt: »Warum haben Sie nicht die Justiz verständigt? Dachten Sie, ihr Mann stehe über dem Gesetz? – Er war ein sehr aggressiver Typ. Man hatte Angst vor ihm. Man wartete ab und hoffte, dass es nicht wieder losgeht.«

Jacqueline hatte eine Leidenschaft für die Jagd von ihrem Vater geerbt, den sie dabei als Kind begleitet hatte. Gemeinsam mit Norbert wurde sie Mitglied des örtlichen Jägervereins. »Ich kam mit Menschen zusammen, das brachte mich aus meiner Innenwelt heraus.« Norbert aber verstand sich mit niemandem. Das Paar wurde aus der Jägergewerkschaft von Selle-sur-le-Bied ausgeschlossen. Danach traten sie einer Jagdgesellschaft in Trigueres bei, bis 2011. Auch dort »mieden uns die Jäger, manche hatten sogar Pfefferspray bei sich«. Norbert war eifersüchtig und argwöhnte, seine Frau könnte ein besserer Schütze sein als er.

Der Bürgermeister sagt in der Vernehmung durch die Ermittler, Norberts Gewalttätigkeit sei in der Stadt weithin berüchtigt gewesen. Die Beziehungen zu den Nachbarn waren katastrophal. Es gab ein Problem mit den unaufhörlich vorbeifahrenden Lastwagen. Norbert beleidigte seine Nachbarn. »Er kam völlig betrunken an«, sagt eine Nachbarin aus. »Er beleidigte uns, wenn er auf der Terrasse aß… Er folgte mir mit seinem gelben Lastwagen, wenn ich im Auto war, und fuhr ganz dicht auf. Ich hatte einen Schaufelstiel im Wagen, solche Angst hatte ich. […] Früher einmal hat Frau Marot meinen Mann geohrfeigt. Mein Mann gab ihr eine Ohrfeige zurück. Ihr Mann wartete an unserem Zaun mit einem Hackenstiel. Er wollte meinen Mann verprügeln. Die Polizei kam. […] Als ich ins Geschäft ging, folgte mir Frau Marot und beschimpfte mich. Wie seien ›Bummler‹ und ›Arbeitslose‹… Ich habe Anzeige gegen Frau Marot erstattet, weil sie manchmal Kunden anrief und sich für mich ausgab. Wieder mal zu den Akten gelegt… Ihr Sohn wurde behandelt wie ein Nichtsnutz. Das Paar beleidigte ihn.« Als sie am Tag des Dramas die Feuerwehr sah, glaubte sie, ihr Mann sei tot, »so sehr war er bedroht worden«.

Norbert hatte Liebhaberinnen und verheimlichte das auch nicht. Laurence C., eine im Familienunternehmen beschäftigte Handelsvertreterin, mit der er eine Beziehung unterhielt, wird von den Ermittlern vernommen. »Als Frau Marot davon erfuhr«, erzählt sie ihnen, »kam sie zu mir nach Hause, zusammen mit ihren Töchtern… Sie waren nicht erfreut. Er kehrte nach Hause zurück. Er war es, der den Konflikt ausgetragen hat.« »Frau Marot rief mich an und beleidigte mich, wenn ich sie sah. Sie machte mir Angst. Ich wollte jeden Konflikt vermeiden.« »Sie ohrfeigte mich bei mir zuhause. Dabei verlor ich meinen Anhänger. Sie wollte mir ›eine Abreibung verpassen‹, wie sie sagte. Sie verfolgte mich mit dem Auto. Ich musste in den Hof der Gendarmerie fahren, um sie loszuwerden. Herr Marot bat mich, keine Anzeige zu erstatten. Das tat ich auch nicht.« Diesen Vorfall machen die Nebenkläger sich zunutze. Die Ohrfeige, die Verfolgung mit dem Auto, die Drohungen – das sind Details, die man in Anbetracht des großen Verbrechens, das Norbert begangen hat, einfach vom Tisch wischen könnte, doch in der öffentlichen Verhandlung zählen sie: Sie entwerfen das Bild einer Persönlichkeit mit Elan und Willensstärke und schattieren so das Bild, das die Verteidigung von Jacqueline Sauvage als einer total unterwürfigen Frau gezeichnet hat. Darum kann die Staatsanwältin sagen, Jacqueline Sauvage sei *entschlossen* gewesen, in dieser Beziehung zu bleiben.

Nach der Episode mit Laurence C. schliefen die beiden in getrennten Zimmern, unterhielten jedoch weiterhin eine intime Beziehung. Jacqueline Sauvage sagt den beunruhigenden Satz: »Wir hatten diese Kontakte, weil ich mich verpflichtet fühlte, ihn bei Laune zu halten. Wenn ich bei ihm war, ließ ich mich gehen, dann war ich nicht ich selbst.« Sie liebte ihn immer noch und hoffte weiterhin, alles werde wieder in Ordnung kommen, doch Norberts Launen verdarben die Stimmung im Haus. Die ganze Familie mühte sich ab, dem entgegenzuwirken. Auch die Kinder: der Bruder Pascal allerdings weniger, denn den, sagen die Töchter, habe man auf ein Podest gestellt; Geschlecht verpflichtet.

Ein Freund des Ehepaars erzählt den Ermittlern, er habe unsittliches Verhalten vermutet. Im Prozess sagt er aus: »Und dann sah ich, dass er an seinen Töchtern herumspielte… Er befummelte ihren Hintern und ihre Brüste.« »Wie alt waren sie?«, fragt die Vorsitzende. »Zehn, zwölf Jahre. Ich sagte zu ihm: ›Was machst du da?‹« Norbert antwortete ihm, er »tolle mit ihnen herum«.

Im Alter von 15 Jahren riss Fabienne aus. Jacqueline erkundigte sich bei Freundinnen ihrer Tochter, die ihr verrieten, dass ihr Vater sie missbraucht habe. Zwei Monate später fanden Gendarmen Fabienne schließlich in einem Restaurant in der Gegend, in der sie eine Gelegenheitsarbeit gefunden hatte. »Sie nahmen mich mit aufs Revier, dort verbrachte ich die Nacht in Handschellen«, sagt sie im Prozess. Den Polizeibeamten, die sie verhörten, erzählte Fabienne alles: von den Schlägen, von dem Vornamen »Pisse«, den ihr Vater ihr verpasst hatte, und von der Vergewaltigung. »Draußen vor dem Kommissariat hörte ich einen fürchterlichen Krach«, erinnert sich Fabienne. Das war Norbert: »Sag denen nichts, das ist Müll! Deine Mutter und ich sind da, dir zu helfen!« Fabienne bekam es mit der Angst zu tun. »Während die Gendarmen versuchten, meinen Vater zu bändigen, bekam ich meine schriftliche Aussage ausgehändigt, ich schloss mich in der Toilette ein und verbrannte meine Erklärung. Meiner Mutter sagte ich, ich hätte gelogen. ›Mach dir klar‹, sagte sie mir, ›dass du deinen Vater hättest vor Gericht bringen können.‹« Der Polizeibeamte habe ihr eine »geklebt«, weil sie ihre Aussage hatte verschwinden lassen. Dann wurden die Ermittlungen eingestellt. Die Gendarmen ließen eine Ausreißerin von 17 Jahren, die ihren notorisch gewalttätigen Vater der Vergewaltigung anklagte, wieder nach Hause gehen. »Sie verstehen, warum ich kein Vertrauen hatte«, sagt Fabienne zur Vorsitzenden, die an der Geschichte mit dem Polizisten, der sie geohrfeigt habe, zweifelt.

Auch Jacqueline Sauvage erzählt aus ihrer Sicht von dem Ausbruch ihrer Tochter und davon, dass Fabienne, ihr Nesthäkchen, ihr verraten habe, dass »auch Carole das passiert ist«, und zwar im Alter von 12 oder 13 Jahren.

In der Verhandlung berichtet auch Sylvie, die Älteste,

von unsittlichen Berührungen, bei denen es aber nicht »zum Akt gekommen« sei. In jener Zeit hätten die Töchter nicht miteinander gesprochen. »Wir hielten es vor unserer Mutter geheim aus Angst vor Vergeltung. Wir fürchteten die Reaktion unseres Vaters, der uns zu Lügnerinnen erklären würde, und die unserer Mutter.«

Dieses Ereignis veränderte die familiären Beziehungen. Carole Marot, die zwei Jahre zuvor in den Familienbetrieb eingetreten war, ging 1989 auf Abstand. Als ihr Vater starb, hatte sie ihn seit 2010 nicht mehr gesehen und davor fünfzehn Jahre keinen Kontakt zu ihm gehabt.

Die Aussagen der drei Töchter im Prozess geben ein genaueres Bild des abscheulichen Vaters, der für sie Norbert Marot war. Die Wortwechsel mit der Vorsitzenden nehmen die Form eines seltsamen Dialogs an. Je entsetzlicher die beschriebenen Misshandlungen, je mehr das Leben dieser Familie anscheinend Jahr um Jahr tiefer in jenem Horror versank, desto größer wird die – echte oder zu diesem Anlass dramatisierte – Ungläubigkeit. Wie konnte ein einzelner Mann ein solches Gebäude des Leids zusammenhalten? Warum wurden die Kinder in das Familienunternehmen einbezogen? Die Fragen scheinen dazu angetan, die Schuld des Vaters der Mutter zu übertragen.

»Warum haben Sie nicht die Justiz verständigt? Dachten Sie, Ihr Mann stehe über dem Gesetz?« fragt die Anwältin der Nebenkläger im ersten Prozess. Gegenüber der Logik des gesunden Menschenverstands, den die Richter verkörpern, zeichnet sich dank den Aussagen der drei Töchter die Logik der Familie Marot ab. Die beiden können sich nicht artikulieren. In ihrem Leben, in dem man ihnen jeden Gedanken an Gerechtigkeit und an Hilfe von außen ausgetrieben hat, macht man alles, so gut man eben kann. Wie

Fabienne sagt: »Die Jahre vergehen, und man bleibt.« Hinter dieser Formulierung kann man erahnen, worum es in jener Logik geht, eine Mischung aus schlechten Gewohnheiten, die angenommen werden mussten, um Gewalt zu vermeiden, über die Jahre hinweg erprobten Überlebensstrategien, Notfallplänen und stillen Bündnissen: alles ein Geflecht von Hindernissen, ein unsichtbares Netz, das dafür sorgt, dass *die Jahre vergehen und man bleibt*, trotz allem, was die Töchter beschreiben.

Sylvie erzählt von den Morgen, an denen er in ihr Bett schlüpfte, »um sich an uns zu reiben«, und von dem Weihnachtsessen, das damit endete, dass der Vater die Mädchen mit seinem Gewehr in Schach hielt, um Jacqueline dazu zu bringen, mit ihm nach Hause zu gehen. (Die Vorsitzende: »Sie lassen Ihre Mutter mit Ihrem mit einem Gewehr bewaffneten Vater wieder gehen?«) Anschließend tritt Carole in den Zeugenstand: »Das hat mit den Berührungen angefangen. Es war wie ein Spiel. Er schickte mich in den Keller. Er holte mich ein. Er fasste mich an. Er sagte mir: ›Vor allem, sag niemandem etwas.‹ Am Abend kam er in mein Zimmer. Er berührte meine Brüste, er umarmte mich. Er steckte seine Zunge in meinen Mund. Er sagte mir: ›Fass mich an, das ist angenehm.‹ Er hat mir sogar auf den Rücken uriniert… Eines Tages hat er sich mit mir im Badezimmer eingeschlossen. Da hat er mich vergewaltigt. Und ich blutete. Das Schlimmste in meinem Leben, das war die Vergewaltigung. Er hat mich körperlich zerstört. Ich konnte darüber nur mit meinem Mann sprechen.«

Auf die wiederholte Frage der Vorsitzenden, warum sie keine Anzeige erstattet habe, spricht sie über ihre Angst vor Vergeltung.

»Wann haben Sie Ihrer Mutter von Ihrer Vergewaltigung erzählt? War es, nachdem Ihre kleine Schwester ausgerissen war?«, fragt die Anwältin der Nebenkläger.

Carole: »Meine Mutter hat 1989 von meiner Vergewaltigung erfahren. Von der meiner Schwester erfuhr sie, als diese von zu Hause weglief. Meine Schwester wurde von den Gendarmen verhört und fing an, alles offenzulegen. Mein Vater hatte so viel Angst wie noch nie in seinem Leben. Aber meine Schwester widerrief ihre Aussage. Sie hat sie zerrissen. Auch bei meiner Mutter änderte sie in jenem Moment ihre Geschichte.«

»Warum ist Ihre Mutter nie eingeschritten?«

»Sie wollte uns schützen. Sie hat uns nie im Stich gelassen. Sie hatte keine Wahl.«

»Sie hat Sie also geschützt, indem sie Sie solchen Gewalttätigkeiten aussetzte?«

»Sie hatte keine Wahl.«

Schließlich ergreift Fabienne, das Nesthäkchen, das Wort: »Der Tod meines Vaters, ich will ganz offen sein, ist eine Erleichterung. Trotz allem, was wir erlebt haben, haben wir versucht, eine gute Familie zu sein. Ich blieb in der Nähe meiner Mutter. Mama sorgte sich um mich. Mein Vater – ich sage nicht, was in den schlechten Momenten passiert ist. Aber er brachte mir auch bei, zu schwimmen, zu arbeiten… Doch all das kam mich teuer zu stehen. Er wusste sehr genau, dass ich ihn liebte… Mit 42 Jahren habe ich ihm gesagt, was ich dachte. Er hat mich bespuckt. Heute stehen wir hier. All das ist die Schuld unseres Vaters… Wenn wir Anzeige erstattet hätten, wäre er in Polizeigewahrsam genommen worden. Dann wäre er in den ehelichen Haushalt zurückgekehrt, und unsere Mutter hätte damit klarkommen müssen.«

Der Anwältin der Nebenkläger, die sie fragt: »Hatten Sie keine Angst um Ihre Kinder, als ihr Vater sie 2011 in einem Wohnwagen an die Somme mitnahm?«, antwortet Fabienne: »Er wusste, dass er kein Recht hatte, unsere Kleinen anzufassen.«

Im ersten Prozess sagt die Vorsitzende zu Jacqueline Sauvage: »Madame, Sie haben Ihre Kinder zwischen 17 und 25 Jahren zur Welt gebracht. Man beschützt seine Kinder bis zu einem bestimmten Alter… Indem Sie sie mit Ihnen arbeiten ließen, führten Sie ihre Kinder dem ›Tyrannen‹ zu, wie Sie ihn bezeichneten… Da ist etwas, das ich nicht ganz verstehe.« Doch sie scheint von einer Hartherzigkeit, von der man schwer sagen kann, ob sie aus Stärke oder Schwäche, aus Mut oder Resignation herrührt. Den psychiatrischen Gutachtern, die sie am Tag nach dem Tod ihres Mannes untersuchen, sagt sie, sie sei nicht deprimiert oder depressiv gewesen, »nein, denn ich fange mich immer wieder«. Sie schließt ihre Vernehmung mit den Worten: »Ich habe in all den schlechten Momenten immer nach vorn geschaut. Ich habe meine Kinder immer geschützt, selbst als ihr Vater sie traumatisierte. Ich habe mich nie beklagt.«

Als sich noch einmal die Frage nach der Untätigkeit Jacqueline Sauvages stellt, sagt die Staatsanwältin: »Entweder glaubte Frau Sauvage ihren Kindern nicht, wie einige Zeugen sagen, oder sie glaubte ihnen, dann ist das schrecklich.« Als der psychiatrische Gutachter sie fragt, warum sie Norbert nicht verlassen habe, sobald die Kinder aus dem Haus waren, antwortet sie: »Aber es gab doch den Betrieb.« Als er sie fragt, warum sie nicht abgehauen sei, als er ihre Töchter vergewaltigt hatte: »Ich weiß es nicht.«

In ihrem Buch »Ich wollte nur, dass es aufhört«, das wenige Monate nach ihrer Freilassung erschien, schreibt Jacqueline Sauvage: »Ich habe sie dem Terror eines Vaters ausgesetzt, ich habe sie seiner Abartigkeit überlassen. Ich konnte sie nicht schützen. Wenn ich es gekonnt hätte… Wie kann man sich das Unaussprechliche vorstellen? Habe ich mich selbst belogen? Hätte ich es ahnen können? Wollte ich es nicht wissen? Diese Fragen lassen mir keine Ruhe und werden mich bis zum letzten Atemzug um den Schlaf bringen.«

Ihre Unterhaltung mit Fabienne, nachdem diese ihre Aussage über den Missbrauch verbrannt hatte, wird wie folgt wiedergegeben: »Stimmt das, was du den Gendarmen gesagt hast, mein Schatz? – Mama, versprich mir, nicht mehr davon zu sprechen. Das sind Lügen. – Versprochen, Fabienne.« Später wandte Jacqueline Sauvage sich an sie mit den Worten: »Meine arme Tochter. Ich bedaure so sehr, dir an jenem Tag geglaubt zu haben. Ich bedaure so sehr, bei den Gendarmen nicht weiter nachgebohrt zu haben. Warum haben sie nicht ermittelt? Warum haben sie ihn zu uns zurückkehren lassen?« Eine schreckliche Formulierung, sofern sie denn wirklich von ihr stammt. Sie sagt nicht: »Ich bedaure, dir an jenem Tag nicht geglaubt zu haben, als du die Wahrheit sagtest«, sondern vielmehr: »Ich bedaure, deine Lüge geglaubt zu haben.«

»Diese Frau hat gelernt, keine Tränen zu vergießen«, sagte Herr Dubosc, ihr Anwalt im ersten Prozess, in seinem Plädoyer. Diese Duldsamkeit war ihr Unglück. Sich niemals beklagen und nicht um Hilfe rufen. In der Verhandlung, als sich indirekt ein anderer Prozess abzeichnet, nämlich einer der Institutionen, als die Töchter fragen, *was bringt es, Anzeige zu erstatten*, hält man ihnen entgegen, dass sie es nie auch nur versucht hätten. Wie durch eine sich selbst erfüllende Prophezeiung müssen sie nun vor dem Geschworenengericht das abscheuliche Familienleben rechtfertigen. Der Staatsanwalt Frédéric Chevallier sagt zu den Töchtern: »Meine Damen, Sie haben auf dieses Verfahren verzichtet. Ich werde eine harte Strafe für Sie beantragen.«

Am 10. September 2012 hörten die Nachbarn drei Explosionen. Um 19:27 Uhr rief Jacqueline die Feuerwehr und sagte, sie habe soeben ihren Mann umgebracht. Die Gendarmen von Courtenay trafen bei Norbert und Jacqueline ein. Sie fanden sie »taumelnd und neben der Spur«. Norbert ruhte auf der Terrasse des Hauses. Neben seiner Leiche waren drei Patronen des Kalibers 12 zu sehen.

Bei der Hausdurchsuchung entdeckte man ein ganzes Waffenarsenal: in Norberts Zimmer ein Winchester-Jagdgewehr mit Patronen, in dem von Jacqueline ein halbautomatisches Beretta-Gewehr und Patronen in der Schublade des Nachttisches, in einem anderen Zimmer ein Browning-Jagdgewehr, auf dem Dachboden eine Remington-Schrotflinte für die Jagd, im Esszimmer sowie im Büro fünf Jagdwaffen und überall Munition, im Keller noch zwei zugedeckte Gewehre und einen Waffenschrank, »der beim Eintreffen der Ermittler am Ort des Geschehens einen Spaltbreit offenstand« und in dem sich Patronen des Kalibers 12 fanden, identisch mit denen, die am Tatort gefunden worden waren. »Es kommt selten vor, dass man so viel davon in einem Haus findet«, sagt ein Gendarm vor Gericht. In der Küche fand man außerdem eine zerbrochene vergoldete Metallkette, Überbleibsel einer Auseinandersetzung. Jacquelines Atem wies einen Alkoholgehalt von 0,05 Promille auf, Norberts 2,02.

Die Ärzte, die Jacqueline untersuchten, stellten jüngst zugefügte Verletzungen fest (eine mit zwei Stichen genähte Wunde an der Lippe, einen Bluterguss am linken Ellbogen und einen weiteren »gegenüber« dem rechten Knie). Um 22:30 Uhr wurden die Gendarmen von der Entdeckung der Leiche Pascal Marots in Kenntnis gesetzt. Er hatte sich erhängt.

Von der Familie Marot bleiben nur die Frauen übrig.

Wie man eine Leiche mit sich herumschleppt

Cesare Lombroso, der Begründer der Kriminologie, schrieb im Jahr 1895: »Die Frau hat schwächere Muskeln und eine geringere Intelligenz«, da sie sich nämlich nicht an der frischen Luft entwickele, sondern »unter dem milden und wohltemperierten Licht des Hauses, in der friedlichen Umgebung der Familie«. Was die friedliche Umgebung betrifft, scheint es allerdings so, dass Männer seit Anbeginn der Zeit ihre Frauen schlagen, und zwar zu keinem anderen Zweck, als sie zu bestrafen oder ein unbefriedigendes Verhalten zu sanktionieren, oder vielleicht nur, weil es eben die Ordnung der Dinge war, die Sprache der Stärkeren, ihr Recht oder sogar ihre Pflicht.

Man findet Spuren von – vermutlich ehelicher – Gewalt an den Körpern von Frauen aus der Steinzeit. Im alten Rom hatte der »pater familias« die »patria potestas«, die väterliche Macht inne. Er hatte das Recht, über Leben und Tod der gesamten Hausgemeinschaft zu entscheiden, der Frau, der Kinder und der Sklaven. Wer im Mittelalter an der natürlichen Überlegenheit des Mannes gegenüber der Frau zweifelte, konnte auf das Buch Genesis verwiesen werden: »Ich will dir viel Schmerzen schaffen, wenn du schwanger wirst; du sollst mit Schmerzen Kinder gebären; und dein Verlangen soll nach deinem Manne sein, und er soll dein Herr sein.« Man gefiel sich in endlos wiederholten tautologischen Gedankengängen, durch welche die Minderwertigkeit der Frau in unserem Recht gutgeheißen wurde. Der Code Napoléon vertraute den Erhalt der Familie, einer Gesellschaft innerhalb der Gesellschaft, einem Oberhaupt an: dem Ehemann. In Artikel 213 heißt es: »Der Ehemann schuldet seiner Familie Schutz, die Frau dem Mann Gehorsam.« Er machte aus der verheirateten Frau eine mindere Bürgerin, ebenso wie aus den Kriminellen und den »geistig Schwachen«. Der Mann, der seine Frau (und/oder Geliebte) beim Ehebruch in flagranti ertappte und tötete, war entschuldigt.

Was vermochten die Frauen gegen diese Herrschaft des Rechts?

Man müsste die geheime Geschichte der Frauen schreiben, die sich gegen ihre gesetzlich festgeschriebene Minderwertigkeit aufgelehnt haben. Den Anteil der unterdrückten Frauen unter den Giftmörderinnen oder hinter den »Verbrechen aus Leidenschaft«, von denen die Zeitungen des 19. Jahrhunderts mit Genuss berichteten, kann man sich nur ausmalen. Um die Frauen zu befreien, musste man sie zunächst einmal von den Banden der Ehe befreien, die sie in einem Zustand der Knechtschaft hielten. Diese sogenannte natürliche und gesetzlich verfestigte Ordnung der Dinge wollten die Feministinnen des 19. Jahrhunderts außer Kraft setzen. Die radikalen amerikanischen Feministinnen, Wegbereiterinnen der Bewegung, waren der Ansicht, dass die Institution der Ehe selbst die Menschen zum Verbrechen dränge. In *The Revolution*, dem Organ der American Woman Suffrage Association, die das Wahlrecht für Frauen forderte, konnte man 1868 lesen: »Die grundsätzliche Unzufriedenheit der Frauen hat nichts mit politischer Knechtschaft, sondern mit sozialer, vor allem ehelicher Knechtschaft zu tun. […] Es besteht keine Hoffnung für zwei

Menschen, die durch die eisernen Ketten einer unglücklichen Ehe gefesselt sind, außer einer Befreiung durch den Tod, und es ist nicht erstaunlich, dass jeder von Befreiung träumt und mit Ungeduld den Tod des anderen erwartet. [...] Dass die Zahl der Menschen, welche die Ehe unerträglich finden, alles andere als klein ist, beweisen die Annalen des Verbrechens. Ehemänner werden so häufig ermordet, dass man kaum eine Zeitung zur Hand nehmen kann, ohne auf einen oder mehrere Fälle dieser schlimmsten aller Sünden zu stoßen; und niemand anders als Gott mag wissen, wie viele Männer und Frauen Mörder im Geiste sind.« In dem 1980 erschienenen Buch »Women Who Kill«, in dem es um Frauen geht, die zu Verbrechen getrieben wurden, schrieb die Essayistin Ann Jones: »In der Annahme, Frauen seien passive Wesen, suchten die Richter im Allgemeinen die Motive anderswo als im Willen der Frau, in einer anderen Kraft, die sie dazu gebracht hätte, sich so zu verhalten, wie sie es getan hatte. Die Schuld gaben sie menstrueller Anspannung, Hysterie, Wahnsinn oder einem männlichen Komplizen. Und jedes Mal fragten sie sich blindlings, was wohl das Motiv sein könne.« Offiziell fand man keinen Grund zu diesen Ehemännermorden, und die Freisprüche in Ermangelung eines Motivs wurden beinahe zur Routine. »Die Männer bezeichneten diese Ungleichheit vor dem Gesetz als ›Rechtspaternalismus‹ und nicht als das, was es wirklich war: nämlich ein zerbrechliches Accessoire der großen Illusion, der zufolge die Männer die Frauen lieben und schützen und die Frauen die Männer von Natur aus lieben. Ein solches Arrangement bewahrte die Männer vor der Angst vor der dämonischen Frau und erlaubte etlichen Frauen, sich der ›gesetzlichen Bestrafung‹ zu entziehen […] Außerhalb der Gerichtssäle, in den

Küchen und Schlafzimmern, lösten sich die Zungen. In den Gerichtsverhandlungen aber verkündeten die Richter, diese Damen hätten kein Motiv; aber natürlich, jeder kannte es.«

Allenthalben bestritt man die Rechtmäßigkeit des heiligen und unauflöslichen Charakters der Ehe, die oft nur eine Interessengemeinschaft war. John Stuart Mill veröffentlichte 1869 die Schrift »Die Hörigkeit der Frau«, von der Ibsen sich zu »Nora oder Ein Puppenheim« inspirieren lassen sollte: »Eine Frau kann nicht sie selbst sein in der gegenwärtigen Gesellschaft, die eine von Männern ist, mit von Männern gemachten Gesetzen, deren Ratgeber und Richter das weibliche Verhalten von einem männlichen Standpunkt aus beurteilen«, schrieb er zu seinem Stück.

In Frankreich gab es seit der zweiten Hälfte des 19. Jahrhunderts immer mehr Schriften, die die Rückkehr der Scheidung begrüßten, die in der Restaurationszeit (1815–1830) verschwunden war. George Sand hatte die Ehe schon mit »legaler Prostitution« verglichen. In einer Chronik des *Figaro* schrieb Maupassant 1844: »Ist es wirklich sinnvoll, ist es menschlich, ist es logisch, dass ein armes Mädchen, das von nichts eine Ahnung hat, nichts weiß von Gefühlen und Handlungen der Liebe, nichts vom Leben und seinen Zwischenfällen, mit Leib und Seele bis zu seinem Tod an eine Privatperson gebunden wird, die mit seinen Eltern einen Handel geschlossen hat, der sich Ehe nennt?« Mit der Kritik der Knechtschaftsverhältnisse, in denen Frauen lebten, geht auch die Vorstellung einher, dass sie durch die unauflöslichen Bande der Ehe zum Verbrechen getrieben werden könnten.

Im Jahr 1880 erschien Madame de Tilly vor dem Geschworenengericht von Saintes, weil sie die Geliebte ihres Mannes mit Vitriol verunstaltet hatte. Sie wurde freigesprochen, und zwar am Ende eines Prozesses, über den Barbey d'Aurevilly entsetzt schrieb: »Die Rührung all dieser Heulsusen, die ihr in dem Prozess beistanden, war ebenso albern wie der Einsatz von Vitriol ruchlos. Aber nun wird das Vitriol verherrlicht, und wir werden eine ganze Reihe von Vitriolverbrechen bekommen! Denn wir sind Herdentiere bis zum Mord! Schönes französisches Temperament!« In der Tat, die Fälle mit Vitriol häuften sich. Sie galten als »Verbrechen aus Leidenschaft«, als Racheakte eifersüchtiger Frauen.

Über den Fall Tilly aber verfertigte Alexandre Dumas der Jüngere ein ganz anderes Pamphlet: »Die Frauen, die töten, und die Frauen, die wählen«, ein Plädoyer für das Frauenwahlrecht. Wenn die Frauen wählen dürften, sagte er, würde das unweigerlich gerechtere Gesetze für sie zur Folge haben, angefangen bei der Scheidung. Denn »wer immer sich die Mühe gemacht hat, das Wesen des Menschen im gesellschaftlichen Getriebe aufmerksam zu studieren, weiß, dass dort, wo wahres Gefühl lebt, keine Gesetzgebung es aufhält, und dort, wo es tot ist, keine es zum Leben erweckt. Eine Gesetzgebung kann ein lebendiges Wesen zwingen, auf ewig eine Leiche mit sich herumzuschleppen, mehr aber auch nicht. Ist das unbedingt notwendig?« Die Gesetze, die der Ehe ihren rechtlichen Rahmen gaben, trieben die betrogene Frau zum Verbrechen: »Wenn die Scheidung möglich gewesen wäre [...], hätte die Frau gesetzlichen Schutz verlangt anstatt einer Rache durch Schwefelsäure, und der Code hätte sie aus einer Ehe befreit, die sie nicht verdiente, statt aus dem Gefängnis, das sie sehr wohl verdiente. Ich halte hier inne. Ich habe keine Lust, einen Kreuzzug für die Scheidung zu führen. Es wird, wenn notwendig, noch Zeit bleiben, die Losung wieder aufzugreifen, sobald das Vorhaben in der Abgeordnetenkammer diskutiert wird. Doch wenn die aus der Unauflöslichkeit der Ehe geborenen Verbrechen und Katastrophen aller Art weiterhin so zunehmen, wie es die letzten Statistiken anzeigen, wird sich die Frage durch solcherlei Fortschritte erübrigen, denn dann wird es nicht mehr nötig sein, etwas zu sagen, und die Notwendigkeit eines Gesetzes durch die Tatsachen peremptorisch bewiesen.«

Das Verbrechen der Madame de Tilly *sagt etwas*, allerdings müsste man es zu verstehen suchen, statt zu verurteilen.

In einer seiner Chroniken im *Figaro* stellte 1884 auch Maupassant eine Verbindung zwischen Ehe und Kriminalität her – diesmal des Mannes: »In der unauflöslichen Vereinigung sah der betrogene Mann, der sich für entehrt hielt, sich gezwungen, entweder zu töten – ein scheußliches Mittel –, die Augen zu verschließen – unwürdige Nachsicht und Feigheit – oder zu verzeihen – lächerlicher Kompromiss, wenig geeignet, das gemeinsame Leben nachher leichter zu machen.« Warum sollte man die Frau, die die Ehe bricht, töten, wenn man sie verlassen kann? Warum sollte man unter der Fuchtel eines brutalen Mannes bleiben, wenn man von ihm weggehen kann? Warum jemanden umbringen, den man einfach stehenlassen kann? Als das Naquet-Gesetz[7] die Scheidung, nachdem sie seit der Restaurationszeit verboten gewesen war, 1884 endlich wieder einführte, und zwar wegen »Ausschweifungen,

7 Benannt nach dem sozialistischen Politiker Alfred Naquet (1834–1916), der das Gesetz vorgelegt hatte. (A.d.Ü.)

Misshandlungen und schweren Verletzungen«, dachte man, die Plage der häuslichen Gewalt würde verschwinden. Maupassant sah sogar voraus, dass »die erste Auswirkung der Scheidung auf die Literatur darin bestehen wird, die Todesfälle in den Büchern und auf den Bühnenbrettern beträchtlich zu verringern…« Enrico Ferri, einer der Begründer der modernen Kriminologie, schrieb damals: »Die Scheidung wird den Mord zum Verschwinden bringen.«

Daraus wurde nichts. In den Büchern ebenso wenig wie im Leben setzte die Scheidung der Gewalt in der Ehe ein Ende.

Es genügte nicht, sich trennen zu können, um Morde in der Ehe zu verhindern. Auf die Frage *Warum bleiben?* wurden bald verwickeltere Antworten gegeben als *weil ich kein Recht habe wegzulaufen*. Auch auf die Frage, warum man töten sollte, wurden die Antworten komplizierter, denn es war nicht nur eine Sache der Entscheidung und des freien Willens.

Im Jahr 1965, als Jacqueline Sauvage heiratete, wurde der eheliche Güterstand von 1804 modifiziert: Die Frau konnte nun endlich ihre eigenen Güter verwalten, ein Bankkonto eröffnen und ohne Erlaubnis ihres Mannes einen Beruf ausüben. Zwei Jahre später wurde das Neuwirth-Gesetz[8] erlassen, das die Verhütung erlaubte. 1975 entwickelte sich das Recht noch weiter: Ehebruch wurde straffrei, die Scheidung durch beiderseitiges Einvernehmen möglich, und die Trennung der Eheleute konnte zu einer Scheidung selbst ohne Zustimmung einer der beiden Partner führen.

8 Benannt nach dem Politiker Lucien Neuwirth (1924–2013), der damals der Union pour la Nouvelle République (UNR) angehörte. (A.d.Ü.)

Der Feminismus ist vielleicht die geistige Bewegung, die unser Recht am stärksten beeinflusst hat. Mit aufgerissenen Augen blicken wir auf die Gesetze, die vor vierzig Jahren das Leben der Frauen regelten. Allmählich hat die Ehe ihre zerstörerische Wirkung auf die Frauen verloren. Das Verständnis der Gewalt ist feinsinniger geworden. Man hat versucht, sie genauer ausfindig zu machen und zu bestrafen. Sie ist sichtbarer geworden. Man hat sexuelle Belästigung erfasst, Vergewaltigung kriminalisiert und diese auch in der Ehe unter Strafe gestellt. Seit 1994 zieht das Strafrecht die charakterlichen Eigenschaften des Ehepartners oder Lebensgefährten als erschwerenden Umstand bei jedwedem Vergehen in Betracht; seit 2004 gilt dies auch für Ex-Partner und eheähnliche Partnerschaften. 2010 wurde das Delikt der psychologischen Gewalt in einer Paarbeziehung ins Strafrecht aufgenommen und im selben Jahr die Gewalt in der Ehe zu einer großen nationalen Angelegenheit erklärt.

Heute hängen die Statistiken an den Wänden und Bushaltestellen unserer Städte: Alle drei Tage wird eine Frau aus Gründen häuslicher Gewalt zur Mörderin. Anscheinend vermögen wir nichts gegen diese Jahrtausendgewalt, wir wissen nicht, wie man diese Statistiken in den Griff bekommen soll. Wir denken dabei an die Frauen, die wir kennen, und lassen sie im Geiste vortreten: Wird es auch sie treffen? Oder mich? Nein, ich wäre abgehauen.

Und es stimmt: Viele Frauen hauen ab oder versuchen es zumindest. In Wirklichkeit handelt es sich bei den Ehemorden häufig um die Taten von Ex-Partnern, die sich erst nach einer Trennung ereignen. Die Frage *Warum ist sie geblieben?* verschleiert die Wirklichkeit, denn sehr oft bleiben die Frauen gar nicht. Und die getöteten Frauen starben zumeist nicht *unter den Schlägen* des Ehemanns;

zu einem großen Teil – 79 von 109 Opfern im Jahr 2016 – hatten diese Frauen niemals körperliche oder psychische Gewalt erlitten, ehe sie getötet wurden.

Die Übrigen bleiben, vielleicht ein ganzes Leben. Regelmäßig erreichen uns tragische Geschichten, Berichte über Stillschweigen und absolute Unterwerfung, wie Nachbildwirkungen aus den Tiefen vergangener Zeiten, als es noch keine Plakatanschläge und Notfallnummern gab, ja als Frauen nicht einmal das Recht zu wählen und zu arbeiten hatten, als es noch keinen Schwangerschaftsabbruch gab, man seine Frau schlug und darüber Witze machte.

Auf die Frage *Warum ist sie nicht abgehauen?* haben die Verteidiger von Jacqueline Sauvage geantwortet: beherrschender Einfluss. Oder auch: Solche Fragen stellt man nicht mehr. Denn die Tatsache, dass Frauen in einer Missbrauchsbeziehung bleiben, ist gut belegt. Die Psychologin Marie-France Hirigoyen, deren Arbeiten bei der Fassung des Gesetzes von 2004 gegen Gewalt in der Ehe zu Rate gezogen wurden, hat die Triebfedern dieser in Paarbeziehungen ausgeübten Herrschaft erläutert. In seiner Anklagerede hat sogar der Staatsanwalt zu Jacqueline Sauvage gesagt: »Ich werde Sie nicht fragen, warum Sie geblieben sind, dafür bin ich nicht mehr zuständig.«

Auf diese Frage antwortet sie selbst jedoch: Ich weiß es nicht. Oder auch: Weil wir eine Firma hatten. Der Kinder wegen. Weil ich ihm ergeben war. Weil ich Angst vor Vergeltung hatte. Man darf wohl annehmen, dass die Antworten sich im Laufe der Jahre weiterentwickelt haben.

»Ich war wahnsinnig verliebt in ihn. Ich habe ihn lange geliebt. Zuzeiten war er nett, er bat mich um Verzeihung. Ich war ihm ergeben«, sagt sie vor Gericht.

Der Stoff, der alte Paare zusammenhält, besteht aus geheimnisvollen Elementen. Man mochte kaum glauben, dass sie wirklich bei ihm bleiben wollte, aber vielleicht zu Unrecht. Das heißt nicht, dass sie zufrieden gewesen wäre, sich das selbst ausgesucht oder ein komplexes Verhältnis zur Gewalt gehabt hätte. Vielleicht aber hatte sie ein komplexes Verhältnis zu dem Urheber der Gewalt, nämlich zu ihm. Um das zu verstehen, muss man sich vergegenwärtigen, dass Norbert nicht nur Schlechtes tun konnte, und auch das zählt.

Die Vorsitzende: »Glauben Sie, dass Sie eine mutige Frau sind?« – »Ich glaube, ich habe Kraft in mir. Ich habe immer gegen meinen Mann gekämpft.«

Dennoch hat sie mehrmals versucht, sich das Leben zu nehmen. In ihrem Berufungsprozess erzählt sie, dass, als sie einst »mit einem Gewehr« das Haus verlassen, ihr Mann auf der Gendarmerie ihr Verschwinden gemeldet habe: »Einmal kamen die Gendarmen und rieten mir, Anzeige zu erstatten. Aber das wollte ich nicht. Ich hatte Angst vor Vergeltung.« Als wegen Norberts Geliebter im Prozess die Frage einer Trennung aufkommt, erinnert man daran, dass Jacqueline Sauvage die Frau verfolgt hat, die sich zur Gendarmerie flüchten musste. Der Staatsanwalt Frédéric Chevallier fragt sie: »Haben Sie sich nicht im Jahr 1992, als Ihr Mann Ihnen Gewalt antat, wie eine eifersüchtige Frau benommen? Das war eine Gelegenheit zu fliehen… Das wirft Fragen auf.«

Misshandelt und eifersüchtig. Behalten Sie Ihr Monster bei sich. Was in einer zerstörten Seele über ein halbes Jahrhundert einer krankhaften Beziehung zum Ausdruck kommt, erscheint im erbarmungslosen Licht des gesunden Menschenverstandes suspekt.

Draußen gibt es eine Welt, die von *empowerment* spricht, von Tamponsteuer, gläserner Decke und Belästigung auf der Straße. Nie hat man mit ebensolchem Nachdruck verlangt, dass eine Frau zu sein nichts kosten soll, nie die verinnerlichten Effekte der Männerherrschaft ebenso verfolgt. Doch was hat sie von jenem Zeitgeist mitbekommen? Sie ging arbeiten, verdiente ihren Lebensunterhalt, und sie lebte keineswegs so, wie man vor hundert Jahren gelebt hat. Doch die Triumphe des Rechts haben, was sie anbelangt, nichts gebracht. Sie erstattete keine Anzeige, als die Gendarmen ihr dazu rieten, sie wählte nicht die 3919[9], sie fand sich mit einer Gewalt ab, die aus unserer Sicht der Dinge untragbar scheint, und um ihr ein Ende zu setzen, fand sie eine Lösung so alt wie die Welt.

Die Frauen des frühen 21. Jahrhunderts sind zugleich Opfer und Nutznießerinnen einer langen Geschichte, deren Lauf sich erst in jüngster Zeit geändert hat. Man kann Jacqueline Sauvage Mitleid oder Ungeduld, Nachsicht oder Erbitterung entgegenhalten. Manche betrachten misshandelte Frauen auch weiterhin so, wie man einst Magersüchtige betrachtet hat, als freiwillige Opfer eines selbstauferlegten Fluchs. *Wie kann man zulassen, vor Hunger zu sterben? Wie kann man sich selbst umbringen lassen?* Um sie herum kreuzen sich die Meinungen. Sie ergeben eine Karte, die zeigt, was die Frau darf und was sie muss.

9 In Frankreich die Nummer des Notrufs für Frauen. (A.d.Ü.)

Die Experten

Im Laufe der Beweisaufnahme sagt sie, sie habe etwas »wie einen Blitz im Kopf« gehabt, »einen Tornado«, sie sei »durchgedreht«, »eine Sicherung sei durchgebrannt«, sie habe »rot gesehen«. Sie sagt, sie sei »nicht wirklich sie selbst« gewesen, »umnebelt«, und das habe sie zu »einem explodierenden Pulverfass« gemacht.

»Ich habe meinen Mann in die Luft gejagt, er hat mich so weit gebracht.«

Sie wird von zwei Psychiatern untersucht, um festzustellen, ob sie für das, was sie getan hat, verurteilt werden kann. Die Experten bekommen sie jeweils einmal zu Gesicht. Ihre Rede wird als »kohärent, nicht konfus, ohne Abschweifungen und Umwege« beurteilt. Der erste Psychiater findet sie anfangs *irritiert*, dann *leutselig und kooperativ*. Sie sagt, sie sei nicht deprimiert oder depressiv gewesen, »nein, denn ich fange mich immer wieder«. Sie zeigt ein Gefühl von Scham und Reserviertheit, wenn es darum geht, »die Male der mutmaßlich von ihrem Mann verübten Gewalt und die Blutergüsse zur Sprache zu bringen«. Ihre Vernehmung zum Lebenslauf beschließt sie mit den Worten: »Ich habe in all den schlechten Momenten immer nach vorn geschaut. Ich habe meine Kinder immer geschützt, selbst als ihr Vater sie traumatisierte. Ich habe mich nie beklagt.« Der erste Gutachter kommt zu dem Schluss: »Eine anamnestische Befragung lässt keine pathognomischen Anzeichen von Willensschwäche, Lustlosigkeit, Veränderung der Wachsamkeit/Konzentration, allgemeiner Niedergeschlagenheit erkennen [...]. Affektivität und Sensibilität der Person sind ansprechbar, während der hier beschriebenen medizinischen Untersuchung konnte ihr ohne große Schwierigkeit ein paar Mal ein Lächeln entlockt werden.«

Die andere Gutachterin spricht von »einer Persönlichkeit, die von einer Leichtigkeit in zwischenmenschlichen Beziehungen geprägt ist – ›ich wurde verhätschelt, ich war die Letzte, und jeder beschäftigte sich mit mir‹ – und in einer unzureichenden affektiven Selbständigkeit zum Ausdruck kommt.« Sie fügt hinzu: »In ihrer Funktionsfähigkeit fällt jedoch eine Ambivalenz im Verhältnis zu unterschiedlichen konstruktiven Wünschen auf, die in der Frage des sozialen oder affektiven Erfolgs gegeneinanderstoßen.«

Ihre Schlussfolgerungen stellen übereinstimmend fest: »Die Begehung der Taten scheint in keiner Verbindung mit einer entfremdenden Tätigkeit zu stehen, welche die Funktionsfähigkeit ihrer psychischen Struktur hätte beeinträchtigen können.«

»Frau Jacqueline Sauvage zeigt keine alarmierenden Anzeichen einer psychischen Störung – weder einer allgemein mentalen noch einer akut psychiatrischen –, die für den Ablauf der ihr vorgeworfenen Taten entscheidend gewesen wäre.«

»Von Frau Jacqueline Sauvage scheint auf psychiatrischer Ebene keine Gefahr für die Gesellschaft und für sie selbst auszugehen.«

»Nichts deutet darauf hin, dass Frau Jacqueline Sauvage zur Tatzeit von einer psychischen oder neuropsychischen Störung betroffen gewesen wäre, die ihr Urteilsvermögen oder die Kontrolle ihrer Handlungen im Sinne des Artikels 122–1 des Strafrechts außer Kraft gesetzt oder entscheidend verändert hätte.«

Mit anderen Worten: Wenn Jacqueline Sauvage ein Opfer des Syndroms der misshandelten Frau sein soll, wie ihre Anwältinnen geltend machen, so entdecken die beiden Gutachter davon nicht die geringste Spur. Sie verlangen keine psychiatrische Therapieauflage, da sie keine Pathologie ausmachen können. Darum sind sie der Ansicht, dass Jacqueline Sauvage sich für ihre Taten vor einem Geschworenengericht verantworten könne.

»Der Verbrecher ist in dem Augenblick, in dem er sein Verbrechen begeht, stets ein Kranker«, schrieb Dostojewski in »Schuld und Sühne«.[10] Da fällt mir eine Anekdote ein, die ich in der »Geschichte der Männlichkeit«[11] gelesen habe und die veranschaulicht, wie kompliziert es ist zu definieren, was ein auf Vernunft gegründetes und was ein Verbrechen aus Wahnsinn sei. Der Historiker Fabrice Virgily berichtet dort von einem Fall des zu Beginn des 20. Jahrhunderts berühmten Psychiaters Dr. Lévy-Valensi: »Im Jahr 1931 verletzte die Frau P. ihren Mann im Schlaf tödlich, nach einem achtzehn Jahre währenden, von Alkohol und Schlägen gekennzeichneten Eheleben. Eine Eileiterentzündung und eine von ihrem

10 In der Neuübersetzung von Swetlana Geier heißt der Roman, dem Titel des russischen Originals und auch dem der französischen Übersetzung entsprechend, »Verbrechen und Strafe«. (A.d.Ü.)
11 Alain Corbin/Jean-Jacques Courtine/Georges Vigarello (Hg.), Histoire de la virilité (3 Bände), Paris 2011. (A.d.Ü.)

Mann vermutete Gonorrhoe hatten die Ärzte auf dessen Rat hin dazu gebracht, ihre Gebärmutter zu entfernen. Nachdem bei Frau P. ein morbider Hass diagnostiziert worden war, wurde sie nicht verurteilt, sondern in eine psychiatrische Anstalt eingewiesen. Dort bekräftigt sie gegenüber ihren Kameradinnen die Legitimität ihrer Tat. Ihre Zwangseinweisung erachtet sie als eine Niedertracht, sie drängt auf ihre Freilassung oder Überstellung an ein Geschworenengericht, sie verlangt eine ›Verteidigung ihrer Sache‹.« Diese Ansicht teilte auch Dr. Lévy-Valensi, der seine Studie mit den Worten beschloss: »Die Tat ist vollbracht, sie ist nicht mehr krank; sie festzuhalten ist eine willkürliche Freiheitsberaubung!«

Am 12. September 2012, zwei Tage nach dem Tod Norbert Marots, eröffnet die Staatsanwaltschaft Orléans ein Ermittlungsverfahren und lässt Jacqueline Sauvage vor Gericht bringen. Als sie zum ersten Mal vor dem Untersuchungsrichter erscheint, erklärt sie: »Ich habe mich selbst immer völlig verausgabt… Das war immer so. Ich habe alles für mich behalten […]. Ich nahm alles auf mich. Ich habe die Dinge beruhigt. Er hat mich dauernd geschlagen, aber ich hatte zu viel Angst, um mich zu beklagen oder abzuhauen.« Am Ende dieses ersten Auftritts vor Gericht wird sie in Untersuchungshaft genommen.

Familie, Nachbarn, praktisch jeder bezeugt Marots Alkoholismus und seine Gewalttätigkeit gegen Frau und Kinder sowie seinen verabscheuungswürdigen Charakter. Einige beschreiben Jacqueline als »eine boshafte Frau, sehr hinterhältig und abgefeimt«. Die Vernehmungen der drei Töchter bestätigen die Gewalttätigkeit des Vaters: Schläge auf den Hintern, Ohrfeigen, Demütigungen,

Bedrohungen mit einem Gewehr. Seine sexuellen Übergriffe, von denen ihre Mutter im Polizeigewahrsam gesprochen hat, erwähnen sie nicht.

Sie stellt klar, dass sie die Entscheidung, ihn zu töten, in dem Augenblick getroffen habe, als er sie beleidigte; nicht, als er sie schlug. Seit Beginn des Jahres 2012, sagt sie, habe Norbert sie dreimal in der Woche verprügelt. Warum zwischen ihrem Erwachen um 16 Uhr und der Tat, die sich zwischen 19 und 19:27 Uhr ereignete, mindestens drei Stunden vergingen, erklärt sie nicht.

Bei ihrer letzten Vernehmung durch den Untersuchungsrichter am 21. Mai 2013 erklärt sie, sie bedauere ihre Tat außerordentlich. In dem Schreiben zur Anklageerhebung vor dem Geschworenengericht steht zu lesen: »Obschon im Laufe der zwölf Monate, die die Beweisaufnahme dauerte, das Gedächtnis Jacqueline Sauvages, in dem sie bestimmte Tatsachen behalten hat, die ihr Eheleben bereichert hatten, zusehends schwächer wurde, hat sie im Polizeigewahrsam nichts davon berichtet, dass sie 1991, an einem Tag, als ihr Mann von seiner Geliebten Frau M. nach Hause zurückkehrte, ein Gewehr zur Hand nahm und bereit war, ihn zu töten, jedoch ihre Töchter sie davon abhielten und sie nachher, als sie seine Gewalttätigkeiten erdulden musste, einen ›Hass auf ihn‹ hatte und ›traumatisiert‹ war, auch wenn sie bis zum 12. September 2012 nicht mehr daran dachte, ihn zu töten.

In diesem Zusammenhang gibt sich der Plan, einen Anschlag auf das Leben ihres Mannes zu verüben, den Jacqueline Sauvage vor der Tat gefasst haben konnte, obwohl sie das leugnet, möglicherweise darin zu erkennen, dass sie eine Woche früher in den Keller hinunterging und dem Waffenschrank mit der Jagdausrüstung drei

Patronen entnahm, weil sie ›immer die Idee [hatte], dass es eines Tages mit ihm [ihrem Mann] ein böses Ende nehmen wird, mit seiner Gewalttätigkeit und allem‹, und sie unter dem Kissen auf einem Stuhl ihres Schlafzimmers versteckte, wo sich das Gewehr befand, um ›mich gegen beide zu verteidigen, gegen Einbrecher und meinen Mann‹, sowie auch in dem, was sie anfangs im Polizeigewahrsam angedeutet hat, ehe sie sich widersprach und es dann schließlich widerrief.«

So werden der »Hass«, den sie für ihn empfand, und die Tatsache, dass sie logischerweise daran dachte, sich zu schützen für den Fall, dass »das ein böses Ende nimmt«, als Indizien einer vorsätzlichen Handlung in Betracht gezogen. Da sie »hinter verschlossenen Türen« gelebt habe, sei sie die Einzige, die davon berichten könne. In dieser Wendung der Fakten steckt das ganze Drama, das ihr da noch bevorstand. Misshandelt, also Rächerin; isoliert, also unter Umständen Lügnerin. Seitdem kann jeder an ihrer Stelle sprechen.

Das Gesetz in seiner majestätischen Gleichheit

Seit es das Strafrecht gibt, gilt Mord als das schwerste Verbrechen. Besonders schwer deshalb, weil es sich um eine vorsätzliche Tötung handelt, die darum durch lebenslange Freiheitsstrafe geahndet wird: die härteste Bestrafung, die das Strafrecht vorsieht. Jacqueline Sauvage rechnete mit einer lebenslangen Haft. In der ersten Instanz plädierte Charles Dubosc, der Anwalt des Ehepaars Marot und schließlich der von Jacqueline Sauvage, auf mildernde Umstände für seine Mandantin, die »nicht die Absicht hatte, ihren Mann zu töten, sondern sich zu befreien«. Der Staatsanwalt forderte eine Freiheitsstrafe zwischen zwölf und vierzehn Jahren, Herrn Dubosc gelang es, sie auf zehn zu reduzieren. Janine Bonaggiunta kommentierte damals im Nachrichtenportal *Atlantico:* »Diese Strafe entspricht leider der in solchen Fällen üblichen Rechtsprechung. Der Umstand, dass sie für ihre Tat nicht verantwortlich gemacht werden kann, aufgrund dessen man sie hätte freisprechen können, wurde nicht in Betracht gezogen, obwohl ein psychiatrisches Gutachten erlaubt hätte, ihre Schuldunfähigkeit geltend zu machen. Die Justiz sollte grundsätzlich anerkennen, dass misshandelte Frauen häufig schuldunfähig sind.« Genau das wollen die beiden Anwältinnen, die Herrn Duboscs Amt übernehmen, erreichen: dass die Schuldunfähigkeit misshandelter Frauen anerkannt wird.

Das Recht sieht einige Fälle von Schuldunfähigkeit vor, Notwehr ist einer davon. Sie wird als ein Naturrecht verstanden, kein Rechtssystem stellt sie ausdrücklich in Frage: Man hat das Recht, sich zu verteidigen. Allerdings muss die Gegenwehr verhältnismäßig sein und unmittelbar erfolgen, um als legitim erachtet zu werden, denn die Ausübung von Selbstjustiz widerspricht dem Geist des Gesetzes. Im Strafrecht wird sie folgendermaßen beschrieben: »Nicht bestraft wird, wer gegen einen ungerechtfertigten Angriff auf seine Person oder eine andere zur selben Zeit aus Notwendigkeit einer legitimen Verteidigung[12] seiner selbst oder einer anderen Person etwas unternimmt, sofern es eine Verhältnismäßigkeit gibt zwischen den angewandten Mitteln der Verteidigung und der Schwere jener Verletzung.«

Am 3. Dezember 2015, dem letzten Tag des Prozesses, stellt der Staatsanwalt die Frage: »War es Notwehr? Hatte Jacqueline Sauvage eine ungerechtfertigte Aggression zu ertragen? Die Antwort lautet selbstverständlich: ja. Doch muss man die Wirkung jener Verletzung ermessen. Wir wissen aufgrund der Spuren von Schlägen an der Lippe, dass die Verletzung nicht lange zurückliegt und einen Tag Arbeitsunfähigkeit nach sich zog. Auf diese Aggression hätte Frau Sauvage mit einer verhältnismäßigen, notwendigen und unmittelbar erfolgenden Handlung reagieren müssen. Das sind die drei Bedingungen der Notwehr, und sie müssen alle drei erfüllt sein. Wir wissen nicht, wie viel Zeit genau zwischen der von Frau Sauvage erduldeten Aggression und der Reaktion darauf verstrichen ist. War es notwendig, dass Frau Sauvage ihren Mann tötete?

12 So die Notwehr im Französischen: la légitime défense. (A.d.Ü.)

Die Antwort lautet: nein. Die Idee der Gerechtigkeit wurde im Zeitalter der Aufklärung erfunden. In einer solchen Vorstellung von Gerechtigkeit hätte Frau Sauvage niemals auf ihren Mann schießen dürfen. Das war nicht notwendig. Und auch nicht verhältnismäßig: für einen Tag Arbeitsunfähigkeit drei Kugeln in den Rücken.

Nein, aus all diesen Gründen hat sie nicht in Notwehr gehandelt. Sie werden sie der Ermordung ihres Mannes für schuldig befinden.«

Wenn man Anwälten vorwirft, sie verteidigten etwas, das nicht zu verteidigen sei, antworten sie häufig, sie verteidigten den Menschen und nicht das Verbrechen. Mit Jacqueline Sauvage machen Janine Bonaggiunta und Nathalie Tomasini es umgekehrt. Gemäß geltendem französischen Recht hat ihre Mandantin nicht in Notwehr gehandelt. Eine solche Strategie hätte wenig Aussicht auf Erfolg. Sie aber fassen den Entschluss, sich an die Gesellschaft hinter ihrer Mandantin zu wenden.

In ihrer Kanzlei erklären sie einige Monate nach dem Ende des Prozesses: »Von ihrem noch geltenden Prinzip her ist die aktuelle Definition der Notwehr veraltet und zu restriktiv, wenn es um Gewalt in der Ehe geht. Geht man davon aus, dass Gewalt in der Ehe über viele Jahre verübt wird, befinden sich Frauen in einer solchen Lage in ständiger Lebensgefahr und somit in einem Zustand permanenter Notwehr. Dies hat lange vor uns schon der berühmte Urteilsspruch im Fall Lavallée im Jahr 1990 in Kanada festgestellt, der, ausgehend von diesem Postulat, das Syndrom der misshandelten Frau betonte und die Vorstellung permanenter Lebensgefahr aufgriff. Diese Frauen sind nicht in der Lage zu denken wie Sie und ich, und sehen keinen anderen Ausweg, als ihren Ehemann oder Lebensgefährten zu töten.« Die Unmittelbarkeit des Gegenschlags fällt hier kaum ins Gewicht: Sie wollen beweisen, dass misshandelte Frauen recht haben, sich in Lebensgefahr *zu wähnen*, denn sie lebten ja *in ständiger Lebensgefahr*. Der Fall Jacqueline Sauvage veranschauliche die Notwendigkeit, unsere Auffassung von Notwehr weiterzuentwickeln.

Am 31. August 1986 schoss in Kanada Angélique Lynn Lavallée ihrem Partner Kevin Rust, genannt »Rooster«, in den Kopf, als er nach einem heftigen Zoff, wie er zwischen den beiden, seit sie zusammen waren, häufig vorgekommen war, das Zimmer verließ. Einer von zwei Schüssen traf ihn hinten in den Kopf. Im Prozess erklärte der psychiatrische Gutachter: »Die Frau, Opfer von Misshandlung, fühlt sich isoliert und ohnmächtig. Sie glaubt, ihr Mann sei allmächtig und sie ihm tatenlos ausgeliefert. Ihre Wahrnehmung ist beeinträchtigt, ihre ganze Energie konzentriert sich auf kurzfristige Überlebensstrategien. Angesichts des Verhaltens ihres Mannes und seiner augenblicklichen Stimmungsschwankungen ist sie ständig in Alarmbereitschaft. In einem solchen Zusammenhang entwickelt sich aufseiten der Frau eine erlernte Hilflosigkeit, die es ihr nicht erlaubt, eine Lösung zu finden, um der gewaltsamen Situation zu entkommen. Sie kann sich zum Beispiel nicht, wenn sie in Schwierigkeiten gerät, in ein Frauenhaus flüchten und so ihren gewalttätigen Mann hinter sich lassen. Wenn diese Frauen um ihr Leben fürchten müssen, erkennen sie die einzige Lösung darin, sich gegen den Mann zu verteidigen, bevor dieser sie umbringt. Es handelt sich weder um eine überlegte Entscheidung noch um eine vorsätzliche Handlung. Das Vermögen der Frauen, eine angemessenere Lösung zu finden, wird deutlich beeinträchtigt durch den fortwährenden Kontext der Gewalt, in dem sie gelebt haben.«

Angélique Lavallée wurde freigesprochen und die Entscheidung vom Obersten Gerichtshof bestätigt. Der »Urteilsspruch im Fall Lavallée« markierte in der Tat einen Wendepunkt in der Geschichte des kanadischen Rechts, indem er fortwährender Gewalt ausgesetzten Frauen, die ihre Peiniger töten, die Möglichkeit eröffnete, sich auf Notwehr zu berufen. Mit anderen Worten: Berücksichtigt werden seither sämtliche Umstände, unter denen die Tat begangen wurde, zumal solche, die die Wahrnehmung ihres Urhebers beeinflussen konnten, und zwar hinsichtlich sowohl der Gefährdung, die auf ihm lastete, als auch der Notwendigkeit, darauf mit mörderischer Gewalt zu reagieren. Die Richterin des Obersten Gerichtshofs von Kanada war der Ansicht, dass die Forderung, eine misshandelte Frau solle wie jede andere angegriffene Person darauf warten, dass die Aggression konkret wird, »damit ihre Befürchtungen für rechtens erklärt werden können«, gleichbedeutend sei damit, »sie zum Mord auf kleiner Flamme zu verurteilen«, da ja »unter Berücksichtigung ihrer Größe, ihrer Kraft, des Zustands ihrer sozialen Beziehungen und des Mangels an Training eine Frau nicht imstande ist, körperlich gegen einen Mann zu bestehen«.

In ihrem Schlussplädoyer erläutert Frau Tomasini die kanadische Rechtsprechung: »In Kanada zieht man die Psyche der misshandelten Frau in Betracht«, um festzustellen, ob es sich aufgrund eines permanenten Angstzustands um Notwehr handle. Erst in diesem Moment schicken die Geschworenen sich an, über dieses Syndrom überhaupt einmal zu sprechen. Während des Prozesses wird kein Experte zu Rate gezogen, es zu erklären. Aus Montpellier sollte ein Spezialist zugeschaltet werden, doch die Videokonferenz funktionierte nicht. Pech für die Angeklagte: Die einzigen Expertenmeinungen, die die Geschworenen zu hören bekommen, sind die aus der Beweisaufnahme. Deren Schlussfolgerung aber lautet, dass Jacqueline Sauvage an nichts leide, was dem *Syndrom der misshandelten Frau* zu vergleichen wäre.

Das sei normal, erklärt mir Nathalie Tomasini ein Jahr später in ihrer Pariser Kanzlei: »Man will die Realität nicht sehen, denn die Realität ist, dass die in solchen Fällen berufenen Experten völlig veralteten Ansichten anhängen, ebenso wie die dafür noch nicht ausgebildeten Kommissariate und die Richter, die gar nichts verstehen, darum sind sie so empört über das, was passiert. Die Frauen sind von einer Art Kraftlosigkeit befallen, einem völlig amorphen Verhalten, einfach weil sie nicht imstande sind, eine Reaktion zu zeigen, Anzeige zu erstatten und wegzulaufen. Darum reagieren sie nicht mehr.«

Das Syndrom der misshandelten Frau, so erklären mir die Anwältinnen, sei bei Jacqueline Sauvage nicht festgestellt worden, weil die gerichtlichen Gutachter nicht dafür ausgebildet seien, es ausfindig zu machen. »Ich kann verstehen, dass unsere Positionierung irritierend wirkt, weil sie ein Phänomen klar benennt, das sonst tunlichst beiseite geschoben wird.« Um die Aufhebung des Urteilsvermögens in dem Augenblick, da jemand zur Tat schreitet, zu beweisen, müsste man, sagen sie, »die [Gehirn-]Signale der Frauen zu fassen bekommen, wenn sie aussetzen«. Sie beziehen sich auf die USA, »wo alle maßgeblichen Techniken auf diesem Gebiet berücksichtigt und zu Hilfe genommen werden.«

Die bildgebende Diagnostik immerhin ist im Rahmen gerichtlicher Gutachten in Frankreich seit 2011 zulässig.

In den USA hingegen findet das »Neurorecht«, das heißt die Anwendung neurowissenschaftlicher Entdeckungen auf das Recht, immer größere Beachtung. Die möglichen Konsequenzen sind schwindelerregend. Indem sie eine kausale Beziehung zwischen einer zerebralen Anomalie und kriminellem Verhalten (Aggressivität, sexuelle Perversion, Abhängigkeit usw.) herstellt, werfen die Erkenntnisse der Neurowissenschaften die Frage nach der Verbindung zwischen Verbrechen und Wahnsinn noch einmal auf und ziehen somit unsere Vorstellung von freiem Willen und moralischer Verantwortung in Zweifel. Die jüngsten Forschungen lehren uns, dass der präfrontale Cortex seine volle Leistungsfähigkeit erst mit etwa 25 Jahren erreicht. Die meisten Delikte aber begehen Menschen im Alter von 21 bis 27 Jahren: Die – zum größten Teil – Männer, die die meiste Gewalt ausüben, sind also noch gar nicht vollauf imstande, ihre Handlungen zu kontrollieren. Eine 2016 in der Zeitschrift *Social Cognitive and Affective Neuroscience* veröffentlichte Studie zeigt, dass die Urheber familiärer Gewalt spezifische zerebrale Anomalien aufweisen (anormalen Serotonin- und Testosteronmetabolismus, gesteigerte Empfindsamkeit gegen angstauslösende Stimuli, Mängel im neuronalen Kreislauf zwischen Cortex und Amygdala), die ihr Verhalten erklären könnten.

Eine profunde Kenntnis der neurobiologischen Ursachen des gewalttätigen Verhaltens könnte dazu führen, die Strafmündigkeit mit Blick auf die Strafe selbst in Frage zu stellen. Indem sie die Möglichkeit in Aussicht stellt, die Gefährlichkeit eines Täters zu ermessen oder Lügen festzustellen, könnte sie einem neuen Rechtssystem als Grundlage dienen.

Das moralische Handeln beruhte dann nicht mehr auf

freiem Willen, sondern wäre biologisch determiniert – oder prädeterminiert, wenn man die Wirkung anderer, sozialer oder kultureller Faktoren zugesteht – durch eine Disposition des Gehirns, nicht durch ein Defizit. Wenn wir ungleich sind in unseren Trieben, in unserem Vermögen, vernünftige Entscheidungen zu treffen oder die Folgen unseres Handelns richtig einzuschätzen, was bleibt dann von dem Postulat unserer Gleichheit vor dem Gesetz? Der Fall stellt die Frage – ohne dass darüber schon debattiert würde – mit Nachdruck.

Die Webseite der Anwaltskammer verkündet: »Die Kanzlei BT ist bestrebt, sich mit dem Begriff des Notwehrverdachts Gehör zu verschaffen, um ihn im französischen Recht für Fälle wiederholter Gewalt in der Ehe zu etablieren, und wird dank der wertvollen Hilfe einer Abgeordneten sehr bald ein Gesetzesvorhaben vorlegen.« Zeitungsmeldungen bieten immer auch politische Gelegenheiten, und die Rechte ist schon dabei, den gesetzlichen Teil der Geschichte an sich zu reißen. Die »wertvolle Hilfe« nämlich kommt von Valérie Boyer, die sich zusammen mit Rechtsanwältin Tomasini – die Idee hatten sie bereits vor dem Fall Sauvage – für ein Gesetzesvorhaben zur Schuldunfähigkeit misshandelter Frauen einsetzt. Sie sitzt als Abgeordnete der Republikaner (LR) in der Nationalversammlung und im Stadtrat von Marseille, bekannt wurde sie durch ihren Gesetzesvorschlag gegen die Plakatierung extrem magerer Models; sie verteidigt die Christen im Orient und hat noch einen weiteren Gesetzesvorschlag verfasst, dem zufolge Frankreich den während des Ersten Weltkriegs verübten Völkermord an den Assyrern anerkennen soll. Auch möchte sie die »christlichen Wurzeln« Frankreichs in der Verfassung festschreiben. Sie ist gegen die Ehe für alle im Namen der von ihr verteidigten »Grundprinzipien des französischen Rechts«: nämlich der Nichtvermarktung des menschlichen Körpers, in welcher der Zugang gleichgeschlechtlicher Paare zur Ehe münde. Sie kritisierte die »Laxheit« der damaligen Justizministerin Christiane Taubira mit einer Litanei, die der Rechten lieb und teuer, durch die Tatsachen jedoch längst widerlegt war. Einmal fiel sie dadurch auf, dass sie Jean-Marie Le Pen zitierte, während sie glaubte, Montesquieu zu zitieren, und zwar mit folgendem Satz: »Das Bodenrecht ist ebenso absurd wie zu sagen, das Pferd sei eine Kuh, weil es in einem Stall geboren wurde.«

Bei einer mündlichen Befragung der Regierung in der Nationalversammlung am 10. Februar 2016 zum Thema »Gewalt gegen Frauen« sagte Valérie Boyer, nachdem sie an die Lage der Frauen in den Lagern von Grande-Synthe und Calais[13] erinnert hatte: »Für unser Land ist die Verteidigung des Status der Frau eine starke Botschaft der nationalen Einigkeit, aber auch eine starke Botschaft, die wir an die Welt senden, insbesondere an die Barbaren.« Denn zuvor in der Silvesternacht in Köln hatte es sexuelle Übergriffe gegeben, und nun wollte jeder die Frauen verteidigen, »unsere Frauen«, wohlgemerkt.

Wie aber soll man den »Status der Frau« in unserem Land verteidigen? Das geltende Gesetz, sagen die Anwältinnen einmütig, sei geschaffen worden, um zwischenmenschliche Situationen wie etwa Raufereien in Bars zu regeln, in denen sich zwei gleichstarke Parteien begegnen. Unberücksichtigt bleibe ein über längere Zeit ausgeübter

13 Improvisierte Flüchtlingslager, in denen sich Migranten auf dem Weg nach Großbritannien aufhalten. (A.d.Ü.)

Einfluss einer Person auf eine andere. Die Abgeordnete setzt sich für eine zeitversetzte Notwehr für Frauen ein, die Opfer von Gewalt wurden. Zur Begründung ihres Vorschlags schreibt sie: »Wir reden hier nicht von einem ›Recht zu töten‹, wie manche es nennen, sondern beziehen uns auf ein besonderes Phänomen, nämlich das Syndrom der misshandelten Frau, das aus wiederholt verübter Gewalt in einer Atmosphäre ständiger und akuter Lebensgefahr entsteht. Es geht, genauer gesagt, darum, dass der Richter die posttraumatische Belastung der verletzten Frau, die zur Tat schreitet, zur Kenntnis nimmt.« In der Zeitschrift *L'Express* führt sie das genauer aus: »Ich wünsche mir, dass eine Gruppe von Experten die Lage dieser misshandelten Frauen nach genauen Kriterien untersucht. Zu berücksichtigen sind dabei die Dauer der Gewalttätigkeiten, deren Beschaffenheit, der Zustand der misshandelten Frau usw. Mein Vorschlag ruft ein Zetergeschrei unter Strafrechtlern hervor, doch handelt es sich keineswegs um eine Erlaubnis zu töten! Eine Erlaubnis zu töten haben sich vielmehr die 134 Männer erteilt, die [allein im Jahr 2014] ihre Frauen umgebracht haben.«

»Das Gesetz in seiner majestätischen Gleichheit«, schrieb Anatole France, »verbietet es Reichen wie Armen, unter Brücken zu schlafen, auf Straßen zu betteln und Brot zu stehlen.« Anders gesagt, vor dem Gesetz sind alle Menschen gleich, manche aber ein bisschen gleicher als andere. Ist das Recht, indem es die geringere Kraft der Frauen oder die besonderen Bedingungen, die zum Verbrechen führen, nicht berücksichtigt, sexistisch? Was bedeutet eine »verhältnismäßige Reaktion«, wenn ein Mann eine Frau mit all seiner Kraft schlägt? Ist etwa schon die Definition der Notwehr ungerecht?

Die Rechtsnormen spiegeln die Sitten einer Gesellschaft in einem gegebenen Moment wider. Nun will man Frauen, die ihren Peiniger töten, Schuldunfähigkeit attestieren. Doch vollendet man damit die Arbeit, die es gekostet hat, häusliche Gewalt anzuerkennen, bei der es nämlich bisher im Gegenteil darum ging, die Strafen für solche – im Allgemeinen von Männern gegen Frauen verübte – Gewalt zu *verschärfen*? Was besagt diese Initiative, die eine geschlechtsspezifische Kategorie von Schuldunfähigkeit vor dem Gesetz schaffen möchte?

In den Anfängen des Feminismus war die Gleichheit der Geschlechter vor dem Gesetz ein radikales Ziel: Man wollte eine geschlechtsblinde Justiz. Allmählich aber vertraten Feministinnen die Ansicht, dass die formelle Rechtsgleichheit nicht ausreiche, um eine reale und soziale Gleichheit zwischen Frauen und Männern herzustellen. In den 1970er Jahren resümierte die feministische amerikanische Juristin Catharine MacKinnon, dass, solange die Geschlechter ungleich seien, man ihnen gegenüber keinen wirklich neutralen Standpunkt einnehmen könne. Männer würden, da die Gesellschaft sie bevorzuge, auch durch das Gesetz begünstigt. Carol Smart, eine Pionierin der feministischen Kriminologie der 1970er Jahre, forderte die Feministinnen auf, sich anderer Strategien als legaler Forderungen zu bedienen, denn die reichten zu ihrer Befreiung nicht hin, da das Gesetz nur die Urteile derer widerspiegeln könne, die es sich ausgedacht hätten.

Die Frage ist in der Geschichte des Feminismus zentral: Sollen Frauen die gleichen Rechte wie Männer haben, weil sie menschliche Wesen sind, oder sollen sie besondere Rechte fordern? Anders ausgedrückt, verlangen wir vom Gesetz, uns nur als Gleiche zu behandeln, oder uns zu Gleichen zu machen?

Im 19. Jahrhundert setzten sich in den USA manche für die Abschaffung der Todesstrafe nur für Frauen ein. Als Mary Hartung 1859 zum Tode verurteilt wurde, weil sie ihren Mann vergiftet hatte, war die *New York Times* der Meinung, das Erhängen einer Frau sei unter keinen Umständen »angemessen«, und rechtfertigte das wie folgt: »Es ist zweifellos schwierig, einen sehr überzeugenden Grund dafür zu nennen, dass wir eine Frau nicht wie einen Mann behandeln sollten, wenn sie des Mordes gleichermaßen schuldig ist. Der Grund für die Unterscheidung beruht auf dem Gefühl, dass ein Unterschied besteht und als solcher auch wahrgenommen werden muss. Es gibt Fälle, in denen das Gefühl den Platz der Vernunft einnehmen muss, und dies ist ein solcher Fall. Es besteht keine Gefahr für die Gesellschaft, wenn das Leben einer Frau geschont wird, selbst wenn sie einen Mord begangen hat.«

Einige Tage später erschien in der Zeitung eine große Kolumne, die sich an den *New York Courier and Enquirer* wandte, eine andere Tageszeitung, welche die entgegengesetzte Position vertrat: »Wenn das Erhängen im Falle der Männer gerechtfertigt ist«, hieß es dort, »so ist es das sicherlich auch im Falle der Frauen. Hinrichtungen sind nicht dazu da, Neigungen zu befriedigen oder diejenigen zu unterhalten, die sich entschieden haben, daran mitzuwirken. Das Ziel ist, Menschen davon abzubringen, ein Verbrechen zu begehen, woraus folgt, dass es keinerlei Unterschied macht, ob die hinzurichtende Person ein brutaler Kerl mit einem Stiernacken oder eine reizende schöne Frau mit einem Schwanenhals ist. Wenn sie beide des Mordes schuldig sind, müssen sie beide dieselbe

Strafe erleiden. Das Gefühl, das einen verleiten mag, die Todesstrafe nur auf Männer zu beschränken, ist krankhaft und rührt aus einer falschen Sympathie, die für gesetzlich Verurteilte in den letzten Jahren so häufig bekundet wurde.« Dem hielt die *New York Times* noch am 15. April 1859 »die natürlichen Empfindungen und höchst ehrbaren Instinkte« entgegen. Eine solche Barmherzigkeit entspringe der »instinktiven Nachsicht des Mannes gegenüber einer Weiblichkeit, die für ihn die höchstgeschätzten Beziehungen und ehrwürdigsten Verantwortungen des Lebens in der Sittsamkeit der Natur selbst verkörpert«. Der Artikel übersteigert das Argument zugunsten der Gleichbehandlung bis zur Absurdität: »Männer und Frauen brauchen Kleidung, um sich vor Kälte zu schützen. Warum sollten sie nicht dieselbe Kleidung tragen? Männer ebenso wie Frauen brauchen Mittel zum Lebensunterhalt. Warum üben sie nicht dieselben Tätigkeiten aus? [...] Warum sollten wir nicht unsere Töchter dazu erziehen, zur See zu fahren, für unsere Frauen eine Stellung bei der Polizei verlangen und die ärmsten unter ihnen auf Werften oder in Minen arbeiten lassen?« Wenn das keinen Unterschied mache, dann sei »der über viele Jahre gewachsene Glaube, dass der Allmächtige uns eine hohe moralische Wahrheit für unsere Lebensführung anvertraute, als er die Geschlechter ähnlich, jedoch verschieden erschuf, mit einer Unzahl vielfältiger moralischer Einflüsse, die sich aus ihrer unterschiedlichen Konstitution ergeben, letztlich ein Irrtum gewesen und die verrücktesten Schreierinnen bei den Versammlungen der Frauenvereinigungen hätten recht.« Das also ist der Preis des Privilegs der Milde: der »geschlechtslose« Galgen der Frauen in den Augen des »zivilisierten Mannes«. Gleiches gilt für die politische Rednertribüne. Denn es gibt eine Beziehung zwischen Strafmündigkeit und vollem Bürgerrecht. Man denke an den Ausspruch von Olympe de Gouges[14], die das Argument umkehrte: »Die Frau hat das Recht, das Schafott zu besteigen. Und ebenso hat sie das Recht, die Rednertribüne zu besteigen.«

»Auf der Ebene der Theorie des Strafrechts«, schrieb 1994 die feministische Juraprofessorin Anne Coughlin, »heißt es, die Schuldfähigkeit verschaffe dem Angeklagten selbst enorme Vorteile, auch wenn er sich damit praktisch der Bestrafung aussetzt; er profitiert davon ebenso wie die gesetzestreuen Menschen, die diese Fähigkeit teilen, denn das Gesetz achtet die Autonomie und das Privatleben der verantwortlich Handelnden, indem es verlangt, dass sie nicht dagegen verstoßen.« Sie bemängelte, dass das Syndrom der misshandelten Frau dazu benutzt wird, die Frauen zu entschuldigen, die angeklagt sind, ihren gewalttätigen Mann getötet zu haben; diejenigen, von denen Valérie Boyer und die Anwältinnen von Jacqueline Sauvage hoffen, dass ihre Schuldunfähigkeit anerkannt wird.

14 Schriftstellerin, Frauenrechtlerin und Revolutionärin (1748–1793), während der Terrorherrschaft Robespierres auf dem Schafott hingerichtet. (A.d.Ü.)

Das Syndrom der misshandelten Frau

Man muss einen Umweg über Amerika zurücklegen, um zu den Ursprüngen des *Syndroms der misshandelten Frau* zu gelangen. In den 1970er Jahren fing die feministische Bewegung an, sich auf häusliche Gewalt zu konzentrieren. Dabei kam sie nicht umhin zuzugestehen, dass der Staat die Frauen schützen musste, da es sich nicht um eine private Angelegenheit handelte. Es wurden Notfallnummern und Frauenhäuser eingerichtet, Schutzgesetze verabschiedet und Programme geschaffen, um Frauen zu helfen, die einer Missbrauchsbeziehung entkommen wollten. Man führte *Stay away orders* ein (Verbote, sich dem Opfer zu nähern) und eine Reihe von Strafen bei Verstößen. Vergewaltigung wurde neu definiert. In allen Ländern öffneten Frauenhäuser, und sie füllten sich sehr bald. Mit einem Mal tauchte ein Kontinent der Gewalt auf. Die isolierten Opfer traten wie aus einem dunklen Wald hervor und setzten sich in Bewegung, um neu zu bestimmen, was Gerechtigkeit sein sollte.

Was man die Bewegung der misshandelten Frauen nennt, hat die Definitionen von Gewalt und die Art und Weise ihrer Vorbeugung völlig verändert. In diesem Zusammenhang erschien das »Syndrom der misshandelten Frau«. Der Begriff wurde Mitte der 1970er Jahre von der Psychologin Lenore E. Walker geprägt. Nachdem sie vierhundert Frauen befragt hatte, stellte sie eine Theorie über den *Zyklus des Missbrauchs* auf, eine Art Verhaltensschema einer Missbrauchsbeziehung in drei Akten: Zunahme der Spannung, Explosion und Phase der Zerknirschung. Um das Syndrom begrifflich näher zu bestimmen, stützte sich Walker auf die von dem Psychologen Martin Seligman ausgearbeitete Theorie der »erlernten Hilflosigkeit«, die darlegt, dass auf Schmerz konditionierte Hunde unfähig sind, eine aggressive Umgebung zu verlassen, selbst wenn sie die Möglichkeit dazu haben. Das Experiment ist bekannt: In einer ersten Gruppe wurden die Hunde, Deutsche Schäferhunde, einfach nur für eine kurze Zeit angekettet und dann freigelassen. Die Hunde der zweiten Gruppe konnten den ihnen zugefügten Elektroschocks ausweichen, wenn sie mit der Nase auf ein bestimmtes Feld drückten. Die der dritten bekamen die gleichen Elektroschocks, hatten jedoch keine Möglichkeit, sie zu kontrollieren. Im zweiten Teil des Experiments fanden sich die Hunde der drei Gruppen in einer neuen Versuchsanordnung neben einem kleinen Mäuerchen, das sie leicht überspringen konnten, um den Schocks aus dem Weg zu gehen. Die Hunde der ersten beiden Gruppen lernten schnell, das Hindernis zu überspringen, um den Schocks zu entkommen. Die der dritten erduldeten den Schmerz, ohne auch nur zu versuchen zu entkommen. Ihre vorhergehende Erfahrung hatte sie gelehrt, dass nichts, was sie tun könnten, ihr Leiden beenden könnte. Seligman und seine Kollegen zogen daraus den Schluss, dass das Trauma die Motivation zu reagieren verringert.

Lenore Walker bedient sich des Begriffs der erlernten Hilflosigkeit, um den anscheinend fehlenden Willen der Frauen, eine Missbrauchsbeziehung zu beenden, und ihre Unfähigkeit zu beschreiben, Maßnahmen zu ihrem eigenen und zum Schutz der Kinder zu ergreifen. Ihre Arbeiten wurden als wissenschaftliche Beweise zum ersten Mal vor Gericht im Jahr 1982 in der Rechtssache Hawthorne gegen den Staat Florida zugelassen, nachdem die Amerikanische Psychiatrische Vereinigung sie offiziell angenommen hatte.

Einige Jahre zuvor war das Women's Self-Defense Law Project ins Leben gerufen worden. Das Ziel war, Anwälten zu helfen, die des Mordes angeklagte misshandelte Frauen verteidigten. Zwei Anwältinnen, Cynthia Gillespie und Elizabeth Schneider, hatten ein System der Ad-hoc-Verteidigung entwickelt, zu dem auch ein Experte gehörte, der bereit war, das Syndrom der misshandelten Frau vor Gericht zu bestätigen.

Im Laufe der 1980er Jahre wurde das *Battered woman syndrome* nach und nach in die Ausbildung der Sozialarbeiter und Therapeuten einbezogen, um ihnen zu helfen, die Erfahrungen verletzter Frauen zu beschreiben. Ein wissenschaftlicher Begriff wie dieser erwies sich als nützlich, um die Glaubwürdigkeit bei den Fachleuten und in der öffentlichen Meinung zu erhöhen. Vor allem aber erlaubte er es, die Kenntnisse der Richter zu verbessern und auf übliche Bemerkungen zu diesem Thema wie »Warum ist sie nicht abgehauen? Wenn sie geblieben ist, geschieht es ihr recht« usw. zu reagieren.

Mitte der 1980er Jahre las man in der *New York Times* noch vom »sogenannten Syndrom der misshandelten Frau«. Doch der gesetzliche und gesellschaftliche Umgang mit häuslicher Gewalt hatte sich in den zurückliegenden zwei Jahrzehnten deutlich gewandelt. Die Frage, warum misshandelte Frauen ihre Männer töten, wurde ein gesellschaftliches Thema, das Ärzte, Juristen und die Medien beschäftigte und Widerhall auch in der Populärkultur fand. Es gab

Filme, Bücher und Artikel darüber. Forschungsarbeiten über geschlechtsspezifische Gewalt häuften sich. Berühmte Fälle kennzeichnen jene Epoche. Der von Francine Hughes, die ihren Mann im Schlaf umgebracht, indem sie sein Bett in Brand gesteckt hatte, wurde mit Farrah Fawcett in der Hauptrolle sogar verfilmt (»The Burning Bed«). Ihr Anwalt, der geltend gemacht hatte, dass es sich *vom Standpunkt einer Frau* um einen Fall von Notwehr handle, entschied sich, um die Geschworenen zu überzeugen, dennoch dazu, auf vorübergehende Unzurechnungsfähigkeit zu plädieren. Francine Hughes wurde freigesprochen. Am Ende ihres Prozesses antwortete sie auf die Frage, ob sie sich befreit fühle: »Ich glaube, ich war niemals frei. Aber ich wäre es gern.«

Die »Jagd auf den Mann«

Nach dem Freispruch von Francine Hughes gab es Hunderte von Nachfragen nach ähnlichen Fällen. Denn misshandelte Frauen bildeten die überwältigende Mehrheit der wegen Mordes in der Ehe verurteilten Frauen – mehr als 90 Prozent –, und die Strafen waren äußerst streng. Die Frage, ob misshandelte Frauen in Notwehr gehandelt hätten, wurde ein klassisches Thema der Rechtswissenschaft. Man verglich Fälle von Morden, die in Reaktion auf häusliche Gewalt verübt worden waren, mit umstrittenen Fällen von Notwehr wie dem von Bernhard Goetz, genannt der »Subway Vigilante«, der in einer New Yorker U-Bahn vier Angreifer erschossen hatte.

Am 10. März 1978 stand in der *New York Times* unter der Überschrift »Women Who Kill Their Spouses: The Causes, the Legal Defenses« zu lesen: »Dieses Phänomen hat einige der schlimmsten Befürchtungen bestätigt, die Männer gegenüber der Frauenbewegung hegten, und die Juristen veranlasst, sich die Definition der Notwehr einmal genauer anzuschauen. Die Rede ist von häuslicher Gewalt, die Frauen dazu bringt, ihren Mann zu töten, da diese sie einmal zu viel geschlagen haben. Dutzende solcher Fälle wurden in den letzten Monaten vor Gericht verhandelt. Wichtiger aber und für manche schockierend ist, dass viele Verfahren entweder eingestellt wurden oder mit Freisprüchen oder milden Strafen endeten.«

Es sagt einiges, dass »die Jagd auf den Mann eröffnet wurde«. Genau diese Formulierung kam mit dem Fall Jacqueline Sauvage auf. Die Presse berichtete serienweise von Mordängsten, Feministinnen wurden angeklagt, eine Welle von Verbrechen auszulösen. Die Idee, es gebe eine Armee von Ehefrauen, die diese Gelegenheit ergreifen wollten, um *endlich* ganz ungestraft ihre Männer zu töten, sprach Bände darüber, wie man sich ihre Lage vorstellte. Oder man wollte nur schnell die Ordnung wiederherstellen. Die amerikanische Essayistin Ann Jones, Autorin von »Women Who Kill« (1980), sah in jener Zeit den Ausgangspunkt einer Reaktion auf den Feminismus der zweiten Frauenbewegung: »Andere Zeitschriften haben sich der Besorgnis der einflussreichen Magazine *Time* und *Newsweek* angeschlossen, das Leben der Männer könnte bedroht sein, wenn Frauen ein gleiches Recht auf Notwehr zuerkannt und mithin eine ›Erlaubnis zu töten‹ erteilt würde. Die Rückkehr des Knüppels hatte begonnen, und rückblickend scheint klar, worin die wirkliche Bedeutung des Falls Francine Hughes besteht: Sie markierte einen Wendepunkt in der Entwicklung einer wichtigen Frage des Feminismus und den Beginn einer Reaktion, den Moment, in dem die guten alten Familienväter riefen: ›Genug!‹«

Denn die Fortschritte im strafrechtlichen Umgang mit verletzten Frauen, die ihren Mann getötet haben, mündeten in Gnadenakten mit massenweisen Haftentlassungen. Der Erfolg dieser auf dem Syndrom der misshandelten Frau gegründeten Verteidigungsstrategie führte Aktivistinnen zur Organisation von »Gnadengruppen« im ganzen Land, um die Strafen der Frauen zu mindern, die dieses Argument nicht hatten geltend machen können und denen darum ein in Anbetracht der Entwicklung der Strafrechtspraxis ungerechter Prozess gemacht worden war. Im Jahr 1991 ließ der Gouverneur von Ohio 25 Verurteilte frei. Alle hatten ihren gewalttätigen Partner getötet, manche von ihnen sogar jemanden beauftragt, das zu tun. Die 25 Frauen mussten 200 Stunden Sozialarbeit in einem Hilfsprogramm für Opfer häuslicher Gewalt leisten. Der Vorsitzende der Vereinigung der Staatsanwälte von Ohio sagte damals: »Dass man misshandelt wird, gibt einem nicht das Recht, jemanden zu töten. Nun werden sich die Frauen, statt Anzeige zu erstatten oder sich scheiden zu lassen, sagen: ›Warum ihn nicht umbringen?‹«

Etwa zwanzig Jahre lang trat Lenore Walker als Zeugin bei der Verteidigung von mehr als 350 misshandelten Frauen auf, die man des Mordes angeklagt hatte. Sie trug dazu bei, dass ein Viertel von ihnen freigesprochen wurde. Nach diesen Gnadenakten konnte man feststellen, dass keine der Frauen, die man freigelassen hatte, jemals einen weiteren Mord beging wie den, für den sie verurteilt worden waren.

Zwei unerforschliche Gebiete: Das Weibliche und das Verbrechen

Trotz seines Erfolgs vor Gericht wurde das Syndrom der misshandelten Frau von Beginn an kritisiert. Es stelle sich heraus, dass es mehr als eine »Entschuldigung« denn als Rechtfertigung benutzt werde: Eine misshandelte Frau wurde in ihrem Verhalten entschuldigt, weil man sie als unzurechnungsfähig oder schuldunfähig ansah. Wenn der Begriff »Syndrom« der Verteidigung die Legitimität einer Diagnose verlieh, so wurde ihm sogleich entgegengehalten, dass er ein vereinfachtes Bild misshandelter Frauen verewige: ohnmächtig und geistig zermürbt, unfähig, eine Beziehung zu beenden, zu kämpfen oder sich zu verteidigen. Außerdem, so wurde bemängelt, sei das Wort »Syndrom«, sofern damit erklärt werden soll, was ein »vernünftiger« Mensch tut, ein Widerspruch in sich, eine Rechtsfiktion, die es erlaube, den Ausgang des Prozesses zu beeinflussen, ohne am Gesetz oder an der Gesinnung etwas zu ändern.

Kriminologinnen der feministischen Schule wandten ein, der Begriff vermittle ein stereotypes Frauenbild – schwach, unzurechnungsfähig, ohne eigenen Willen –, in Übereinstimmung mit der juristischen Behandlung, die kriminellen Frauen einst durch das angelsächsische Recht vorbehalten wurde. Diese in den 1970er Jahren entstandene Strömung der Kriminologie kehrte das psychologisierende Verständnis weiblicher Kriminalität hervor. Eine Pionierin auf diesem Forschungsgebiet war die Engländerin Carol Smart, Autorin des Buchs »Women, Crime, and Criminology«. Anhand historischer Fälle hat sie gezeigt, dass kriminelle Frauen herkömmlich als »schwachsinnig« oder irre und nicht so sehr als böse wahrgenommen wurden (»mad rather than bad«). Frauen, die sich von den konventionellen Normen von Weiblichkeit, Zartheit und Passivität entfernten, wurden somit eines doppelt abweichenden Verhaltens bezichtigt. Im England des ausgehenden 19. und beginnenden 20. Jahrhunderts entgingen Frauen – der Mittelklasse, wie man genauer sagen muss – der Verfolgung wegen Ladendiebstahls dadurch, dass man ihre Vergehen der »Kleptomanie« zuschrieb, einer durch die »Manie der Gebärmuttererkrankung« verursachten »geistigen Störung«. Wegen desselben Vergehens wurden schwarze Frauen jedoch sehr wohl für schuldig befunden. Die Entschuldigung durch Kleptomanie ersparte den Frauen und ihren Familien die Schande der Verurteilung einer Straftat, doch noch immer stigmatisierte sie die Frau, da aus ihrem Verbrechen das Symptom einer Geisteskrankheit gemacht wurde, das medizinische Behandlung erforderte. Die Krankheit diente bereits dazu, zwei unerforschliche Gebiete zu zusammenzufügen: das Weibliche und das Verbrechen.

Die Kriminologie des 19. Jahrhunderts interessierte sich sehr für die Verbindungen zwischen Menstruation und Verbrechen, sie erhob Vorurteile in den Rang wissenschaftlicher Tatsachen, und das sehr wirkungsvoll und furchtbar einflussreich. Um den Ursprung weiblicher Delinquenz zu lokalisieren, lieferte man eine sexuell-hormonelle Erklärung. Die ersten Feministinnen bekämpften diese Reduktion abweichenden Verhaltens von Frauen auf die Biologie und wollten im Gegenteil die Normalität der Regel anerkannt wissen, die wie die Schwangerschaft historisch als Ausschlussargument diente mit der Begründung, dass sie die Frauen mit Irrationalität schlügen und sie zu unkontrollierbaren, ihrer Natur unterworfenen

Weibchen machten. Sehr viel später, in den 1990er Jahren, sprachen Frauenvereinigungen sich dagegen aus, die *prämenstruelle dysphorische Störung*, ein besonders starkes prämenstruelles Syndrom, in das DSM (Diagnostic and Statistical Manual of Mental Disorders) aufzunehmen. Es wurde dazu benutzt, auf Wahnsinn zu plädieren oder mildernde Umstände geltend zu machen, und löste wie das Syndrom der misshandelten Frau einen Konflikt unter Feministinnen aus. Die einen meinten, es erlaube die Anerkennung eines Leidens, das zahlreiche Frauen durchgemacht haben; andere, dass es die Stigmatisierung der Frauen zu unfähigen, durch ihre Hormone bestimmten Wesen verewige.

Schuldunfähig

Im angelsächsischen Recht hat die Schuldunfähigkeit von Frauen eine lange Geschichte. Die Kultur hat die Frauen so weit untergeordnet, dass die Richter und das Gesetz der Ansicht waren, sie seien dort, wo Männer schuldig gesprochen werden, entschuldigt, und zwar deshalb, weil man von ihnen keinen Widerstand erwarten könne, zumal sie dem Einfluss ihrer Ehemänner auch gar nicht widerstehen sollten. Die Frau sei ein Wesen auf halbem Wege zwischen Mensch und Tier, so lehrte Sokrates einst Xenophon: »Geht es dem Schaf schlecht, klagen wir gemeinhin den Hirten an; ist ein Pferd widerspenstig, geben wir im Allgemeinen die Schuld dem Reiter. Wenn ein Mann seine Frau im Guten unterrichtet und sie sich dennoch schlecht verhält, so ist es zweifellos gerecht, wenn die Schuld auf sie fällt; doch wenn er sie nicht lehrt, sich gut zu verhalten, und fortan eine in dieser Hinsicht Unwissende zur Gefährtin hat, ist es dann nicht gerecht, wenn die Schuld auf ihn zurückfällt?« Als wäre sie ein verheiratetes Kind, soll ihre Moral die ihres Mannes widerspiegeln. So profitierte in England, dank ehelichem Zwang (»marital coercion«), eine Frau, die in Gegenwart ihres Mannes ein Verbrechen beging – mit Ausnahme von Mord und Verrat –, von der Annahme, sie stehe unter seiner Kontrolle und könne für ihre Taten nicht verantwortlich gemacht werden. Es genügte, dass er anwesend oder auch nur in der Nähe war, um solchen Zwang auszuüben – die Anklage musste das Gegenteil beweisen. So ging es über zwölf Jahrhunderte. Noch im Jahr 2000 plädierte eine 38 Jahre alte Frau, die der Fahrerflucht im trunkenen Zustand angeklagt war, mit Erfolg auf ehelichen Zwang: Sie hatte Angst vor dem, was ihr Mann ihr angetan, wenn sie sich geweigert hätte, nach einem alkoholreichen Abendessen seinen Platz am Steuer einzunehmen.

Als in den USA 1994 über die Bedeutung des Syndroms der misshandelten Frau heftig gestritten wurde, bemerkte Anne Coughlin: »Männern hat man anscheinend nie eine Entschuldigung zugestanden. Im Gegenteil hat das Strafrecht systematisch verlangt, dass Männer jedem Druck widerstehen, der sie dazu drängen könnte, Straftaten zu begehen. Das liegt daran, dass die Theorie der Strafmündigkeit an der Konstruktion der Ehe und im Grunde der Geschlechter mitwirkt, nämlich an einer hierarchischen Beziehung. Indem man die Ehefrauen für unfähig erachtet, sich angesichts der illegalen Einflussnahme ihrer Männer für ein zulässiges Verhalten zu entscheiden, verleiht die Theorie den Männern die Gewalt sowohl über sich selbst als auch über ihre schuldunfähigen Frauen.«

In Frankreich reichte die rechtliche Unmündigkeit der

Frauen nicht ganz so weit. Männer waren nicht verantwortlich für die Straftaten ihrer Frauen. Theoretisch waren Frauen, ob verheiratet, verwitwet oder ledig, Männern in dieser Hinsicht gleichgestellt. Wie Beaumarchais sie in der »Hochzeit des Figaro« beschrieb: »unmündig in ihrem Vermögen, volljährig nur in der Zurechnungsfähigkeit ihrer Fehler.« Praktisch aber wurden sie anders behandelt, sehr oft freigesprochen, viel öfter als Männer, als irre angesehen und in eine Anstalt eingewiesen. »Kriminelle Männer wurden mit Gefängnis bestraft, Frauen für verrückt, verwirrt oder schlicht peinlich erklärt (siehe Adèle Hugo oder Camille Claudel)«, schrieb die Historikerin Michelle Perrot. »Es gab also nebeneinander, symmetrisch nach Geschlechtern getrennt, zwei Arten des Umgangs mit abweichendem Verhalten.«

Verwundbare und bedrohliche Körper

Um die Geschworenen zu überzeugen, dass sie tatsächlich an dem Syndrom leidet, sagte Lenore Walker, sollte die Angeklagte keine Aggressivität an den Tag legen. Vor allem sollte sie den Eindruck vermeiden, sie hätte aus Wut und nicht aus Angst gehandelt, was in der Tat diejenigen ausschloss, die vom Modell der ohnmächtigen Frau allzu sehr abwichen und auf Unterwürfigkeit keinen Anspruch erheben konnten. Das galt in erster Linie für schwarze Frauen, deren stereotypes Bild im Gegenteil mit Wut, Immoralität und körperlicher Kraft assoziiert wurde und sie darum weniger als wehrloses Opfer erscheinen ließ. Jüngste Studien haben gezeigt, an welchem Punkt das Strafrecht schwarze Frauen, die Opfer häuslicher Gewalt wurden, nicht zu schützen vermochte und zugleich diejenigen bestrafte, die sich dagegen wehrten. Wer kann Schwäche als Entschuldigung für sich in Anspruch nehmen? Und für welche Verbrechen?

Die Frage stellte sich mit der Geschichte von Hedda Nussbaum noch im Jahr 1987. Die New Yorker Schriftstellerin und Verlegerin zeigte der Öffentlichkeit ihr Gesicht und ihren Körper, die durch Folterungen ihres Lebensgefährten Joel Steinberg, eines Strafverteidigers, verunstaltet worden waren. Das gutsituierte, in Drogenmissbrauch und extremer Gewalt versunkene Paar hatte zwei Kinder adoptiert. Das Ältere, ein Mädchen, war sechs Jahre alt, als es bewusstlos in ihrer Wohnung in Greenwich Village gefunden wurde, ehe es vier Tage später an den Folgen der ihm durch Joel Steinberg unter den Augen seiner Partnerin zugefügten Misshandlungen starb. Zehn Stunden lang blieb Hedda Nussbaum allein mit dem zusammengeschlagenen Kind, ohne Hilfe zu rufen, während sein kleiner Bruder in seinem eigenen Schmutz an einen Stuhl gefesselt war. Sie wollte auf ihren Partner warten, der zu einer Party gegangen war, damit er sie mit seinen »magischen Kräften« behandle. Als er zurückkam, nahmen sie gemeinsam Kokain, bevor sie den Notruf verständigten.

Im Krankenhaus, nach ihrer Verhaftung, erfuhr sie überwältigende Unterstützung. Ein Artikel berichtete damals, sie habe einen Strauß roter Rosen mit einer Karte bekommen, auf der stand: »Sie machen misshandelten Frauen Mut.«

Der Prozess war eine der ersten spektakulären Gerichtsverhandlungen, die das ganze Land verfolgte. Joel Steinberg wurde zu 25 Jahren Gefängnis verurteilt. Die Anklage Hedda Nussbaums wegen Beihilfe wurde fallengelassen, nachdem Ärzte ihr bescheinigt hatten, sie sei durch ein neun Jahre währendes Martyrium so sehr aufgerieben worden, dass sie den beiden Kindern nicht hätte zu Hilfe kommen können. Sie sagte gegen ihn aus. Hedda Nussbaum gab häuslicher Gewalt ein Gesicht. Die Feministinnen aber waren in der Schuldfrage geteilter Ansicht. Die Aktivistin Susan Brownmiller, berühmt wegen ihres Buchs »Gegen unseren Willen. Vergewaltigung und Männerherrschaft«, schrieb in der *New York Times:* »Frau Nussbaum eine Heldin zu nennen, wie die Bewegung zur Verteidigung misshandelter Frauen es getan hat, weil sie im Prozess gegen ihren Liebhaber ausgesagt hat, stellt nicht nur eine Fehlinterpretation der Fakten dar; damit erweist man auch den Frauen – und letztlich den Männern – einen Bärendienst. [...] Wenn rechtschaffene Frauen beteuern, wir alle seien ein bisschen wie Hedda Nussbaum, geben sie den Joel Steinbergs dieser Welt zu viel Kredit und zu viel Macht. Unmerklich verewigen sie die trügerische Vorstellung, Frauen seien zu Opfern der kranken Psychologie der Liebe um jeden Preis verdammt.« In der *Washington Post* konnte man lesen: »Die Schwäche wurde ihr Alibi – eine Schwäche, die vielleicht umso überzeugender wirkte, als [Hedda Nussbaum] weiß ist und der Mittelklasse angehört. Was aber ist mit der Schwäche eines Junkies, eines Kokainsüchtigen – eines Menschen, der sich selbst ebenso wie andere zugrunde richtet? Was ist mit der Schwäche eines Alkoholikers, der sich ans Steuer setzt und einen Schulbus rammt? Von solchen Menschen fordern wir Rechenschaft, manchmal allzu heftig, und lassen ihre Geisteskrankheit oder Abhängigkeit als Argumente nicht gelten. Die Gefängnisse sind schließlich voll von Irren, und häufig ist das Verbrechen eine Berufung der Schwachen.«

Welche Körper erachtet man als verwundbar? Wer entlockt uns Empathie? Und wen nehmen wir als bedrohlich wahr? Der Vergleich mit der aus dem englischen Recht des 17. Jahrhunderts ererbten *castle doctrine*, die es einem Bürger erlaubt, sich zu verteidigen, dabei auch zu töten, wenn jemand in seine Wohnung eindringt, ist in dieser Hinsicht interessant. In den meisten Staaten der USA hat ein Individuum das Recht, aus »angemessener Furcht« vor einem Angriff von außen Gewalt anzuwenden. Diese großzügige Definition von Notwehr, die der Vorstellung entstammt, der Mensch (»a true man«) müsse sein Gut und seine Familie gegen Fremde verteidigen, wird in vielen Staaten auch auf öffentliche Orte ausgedehnt: auf Straßen oder irgendeinen legal bevölkerten Raum. Das *Stand your ground*-Gesetz erlaubt es jedem, sich zu verteidigen und notfalls jemanden zu töten, ohne zurückzuweichen (»no duty to retreat«). Das Gesetz garantiert Immunität gegen zivil- oder strafrechtliche Verfolgung auch im Tötungsfall.

Diese tödliche Doktrin lässt sich auf häusliche Gewalt jedoch nur schwer anwenden, da das Haus oft gemeinsam genutzt wird. Denn man nimmt an, das Eindringen eines Fremden könne jemanden in eine Lage versetzen, in der es ihm erlaubt sei, aus »angemessener Furcht« Gewalt anzuwenden: eine Erlaubnis zu töten, um sein Territorium zu verteidigen. Aber ein zuvor mit dem Tod bedrohtes Opfer häuslicher Gewalt muss versuchen *zurückzuweichen* – doch wohin? –, oder warten, bis es angegriffen wird, um darauf zu reagieren, und zwar mit gleicher Gewalt, damit diese als Notwehr gerechtfertigt werden kann.

Diese Asymmetrie machte sich die Waffenlobby zuweilen mit Erfolg zunutze, um das *Stand your ground*-Gesetz auch auf misshandelte Frauen auszudehnen, indem sie die feministische Rhetorik, die ein System patriarchaler Justiz anprangert, mit einem *empowerment* durch Schusswaffen verband.

Derlei Gesetze sind sehr umstritten, da sie auf dem Begriff der »angemessenen« Furcht beruhen, der natürlich allen möglichen Interpretationen offensteht. Im Juli 2013 wurde George Zimmerman, Mitglied eines privaten Sicherheitsdienstes, vom Vorwurf der Ermordung des schwarzen Jugendlichen Trayvon Martin freigesprochen, was landesweit für Empörung sorgte. Zimmerman, der übrigens in der Vergangenheit schon wegen häuslicher Gewalt angeklagt worden war, hatte in den acht Jahren vor dem Mord bereits 46-mal die Polizei gerufen, um Afroamerikaner anzuzeigen, deren Verhalten ihm verdächtig vorgekommen war. Was ist in diesem Zusammenhang »angemessene Furcht«?

Einige Monate zuvor hatte Marissa Alexander, eine schwarze Frau von 31 Jahren, ebenfalls das *Stand your ground*-Gesetz für sich in Anspruch nehmen wollen, nachdem sie, ohne jemanden zu verletzen, einen Schuss in die Decke abgegeben hatte mit dem Ziel, ihren gewalttätigen Mann zu warnen, der in Wut geraten war, als er erfahren hatte, dass sie ihn verlassen wollte. Die Geschworenen brauchten zwölf Minuten, um sie zu zwanzig Jahren Gefängnis zu verurteilen.

Die Staatsanwältin von Florida, die Zimmerman einige Monate später freisprechen sollte, legte sogleich Berufung gegen die Entscheidung ein und präsentierte drei unterschiedliche Anklagepunkte, derentwegen Marissa Alexander sechzig Jahre Haft drohten. In einer Verlautbarung zu ihrer Verteidigung erklärte die Gruppe Radical Women:

»Frauen aller Hautfarben, die gegen Misshandlung kämpfen, stoßen bei der Polizei, den Gerichten und in den Medien auf wenig Sympathie. Die auf dem Syndrom der misshandelten Frau basierende Verteidigung, die vor Gericht mit Erfolg angewandt wird, um zu rechtfertigen, dass eine Frau einen Angreifer getötet hat, wird schwarzen Frauen oft verweigert. Den rassistischen und sexistischen Doppelstandard findet man auf allen Ebenen der amerikanischen Gesellschaft. Warum? Weil das Stereotyp schwarzer Frauen – herrisch, autoritär, feindselig und unmoralisch – den Richter oder die Geschworenen davon abhält zu glauben, eine schwarze Frau habe in Notwehr gehandelt.«

»Diese gebrechliche, verängstigte Frau«

Unter der Überschrift »Feministinnen fragen sich, ob es ein Fortschritt ist, ›Opfer‹ zu werden« veröffentlichte die *New York Times* 1992 einen Artikel, in dem stand: »Vor fünfzehn Jahren verhalf Elizabeth Schneider dem juristischen Argument zur Geltung, Frauen, die ihren Mann getötet haben, der sie über Jahre hinweg misshandelt hatte, seien Opfer und keine Täter. Heute zeigt sie sich besorgt darüber, dass misshandelte Frauen Opfer ihres eigenen Opferstatus werden. ›Die Gerichte und die Gesellschaft greifen das Bild des Opfers bereitwillig auf‹, erklärte Frau Schneider, Professorin an der Brooklyn Law School. ›Doch das ist zweischneidig: Viele misshandelte Frauen verlieren das Sorgerecht an ihren Kindern, weil die Richter sie als paralysierte und ohnmächtige Opfer ansehen, die ihren Alltag nicht bewältigen können.‹ Und wenn eine Frau zu tatkräftig, zu verantwortungsvoll scheint, um dem Bild des Opfers zu entsprechen, könne man ihr nicht glauben.«

Dieselbe Gegenüberstellung von Schwäche und Wehrhaftigkeit findet sich bei Jacqueline Sauvage, sowohl vor Gericht als auch in der öffentlichen Diskussion. »Da gibt es einen robusten Mann von rund hundert Kilo, der aggressiv und alkoholabhängig ist. Ihm gegenüber steht Jacqueline Sauvage, diese gebrechliche, verängstigte Frau«, erklären die Anwältinnen in ihrem Plädoyer zur Verteidigung ihrer Mandantin. Eva Darlan, die sich in einem Unterstützungskomitee engagiert, sagt in ihrem Buch, sie widme sich dem Thema der »schweren Familienvergangenheit« von Jacqueline und ihrer Bekanntschaft mit Norbert. »Sie schrie, sie wurde geschlagen. Die Gewalt kannte sie«, schreibt sie.

In ihrem eigenen Buch, das einige Monate nach ihrer Begnadigung erschien, spricht Jacqueline Sauvage selbst über ihre Kindheit ganz anders. »Niemand hat je die Hand gegen mich erhoben. Gewalt war uns fremd.« »Umgeben von starken Männern, fühlte ich mich sicher und glücklich.« Und noch deutlicher: »Es gab offenkundig nichts, was mich zum Unglück prädestiniert hätte.«

Weil sie ihre Beziehung mit Norbert gegen den Widerstand ihrer Brüder aufrechterhalten hatte, sagte die Vorsitzende zu ihr: »Sie haben Charakter, nicht?« Dazu schreibt Jacqueline Sauvage: »Ich verstehe nicht, warum die Vorsitzende von meinem Charakter gesprochen hat. In Liebesgeschichten geht es immer um Entscheidungen.« Darin stimmt sie beinahe mit dem Staatsanwalt überein, der ihr, um sie besser anklagen zu können, Entschlossenheit, Kraft und freien Willen zugesteht.

Auch in den Medien wurde sie, nachdem sie zunächst als Märtyrerin vorgeführt worden war, der üblichen Ausgewogenheit entsprechend bald weniger engelhaft dargestellt. »Das wahre Gesicht« von Jacqueline Sauvage zeige einen starken Charakter, Entschlossenheit, eine gewisse Brutalität, eine Vorliebe für die Jagd und eine als glücklich beschriebene Kindheit. All das wird als belastendes Material präsentiert, jedenfalls soll es Zweifel an ihrer Opferrolle wecken. Weniger schwächlich sei sie als vielmehr schuldig, da zu allem fähig.

Martin Seligman und seine Kollegen kritisierten Lenore Walkers Anwendung ihres Begriffs der erlernten Hilflosigkeit: »Wir glauben, dass die bei Opfern/Überlebenden häuslicher Gewalt beobachtete Passivität ein eher schlechtes Beispiel erlernter Hilflosigkeit ist. Passivität ist vorhanden, doch sie kann instrumentell sein«, schrieben sie 1993 in »Learned Helplessness: A Theory for the Age of Personal Control«. Mit anderen Worten: Passives Verhalten kann dem Opfer im Gegenteil dazu dienen, das Gewaltrisiko zu verringern, das ist keine »erlernte Hilflosigkeit« im ursprünglichen Sinne dieses Begriffs. Man lässt sich weniger antun, als wenn man versucht, der Gewalt aus dem Weg zu gehen: passives Verhalten als Sicherheitsstrategie.

Das Syndrom der misshandelten Frau wurde nach und nach aufgegeben. Im Jahr 1996 heißt es in einem Bericht des Justizministeriums: »Festzustellen ist ein breiter Konsens unter Forschern, Richtern, Staatsanwälten und Verteidigern, die befragt wurden, ob ihrer Einschätzung nach der Begriff ›Syndrom der misshandelten Frau‹ die heute zur Verfügung stehenden wissenschaftlichen

Kenntnisse über häusliche Gewalt und deren Folgen in ihrer ganzen Breite adäquat reflektiere. Man befürchtet, dass das Wort ›Syndrom‹ die Vorstellung einer Krankheit oder eines psychischen Defekts vermittle, und gibt darüber hinaus zu bedenken, dass es nicht eine einzige Art von Reaktion auf eine solche Bedrohung gebe.« Stattdessen bevorzugt man seither den Ausdruck »battering and its effects« (Auswirkungen körperlicher Gewalt), von dem man annimmt, dass er auf sehr viel mehr verschiedene Situationen zutrifft. Weitere Theorien konkurrieren mit der Lenore Walkers darum, komplexere Verhaltensschemata häuslicher Gewalt zu beschreiben. 1998 legten die beiden Forscher Edward W. Gondolf und Ellen R. Fisher eine andere Analyse der Reaktionen auf Gewalt vor. Was die Passivität betrifft, so fanden sie heraus, dass Opfer vielfältige Strategien entwickeln, um der Gewalt zu entkommen. Ihrer »Theorie der Überlebenden« zufolge sind es vielmehr äußere Hindernisse, Mangel an Ressourcen oder das Versagen der Hilfseinrichtungen, die eine Befreiung des Opfers behindern, als etwa eine zerstörte Selbstachtung und der Verzicht, gegen ein Schicksal zu kämpfen, von dem man schließlich glaubt, man habe es verdient.

Zeitversetzte Notwehr

Vierzig Jahre nachdem der Begriff geprägt worden war, bezog sich Valérie Boyer in ihrem Gesetzentwurf zur »zeitversetzten Notwehr« noch immer »auf einen besonderen Zustand, den man als Syndrom der misshandelten Frau bezeichnet«. Der Rekurs auf eine obligatorische psychiatrische Expertise sollte das Vorhandensein einer durch Gewalt verursachten psychischen Störung beweisen, welche »das Urteilsvermögen beeinträchtigt und die Kontrolle über das Handeln erschwert«. In der Praxis jedoch sprechen Experten sich längst nicht mehr für Schuldunfähigkeit aus psychiatrischen Gründen aus. Die Zahl der für schuldunfähig erklärten Personen ist binnen zwanzig Jahren auf ein Zehntel geschrumpft.

Die Idee der »zeitversetzten Notwehr« versetzt die Juristen jedenfalls in Rage. Obwohl das Konzept mit aller Vorsicht vorgetragen und die Formulierung selbst schon aufgegeben wurde, handelt es sich im Grunde um eine Erlaubnis zu töten, als solche wurde es in der Presse auch kommentiert und kritisiert. Das Recht, dem es sinngemäß entgegensteht, ist hinlänglich gerüstet, um die Besonderheit jeder Situation in Betracht zu ziehen, auch die einer von Gewalt geprägten Vorgeschichte: Man spricht von mildernden Umständen. Mit einer zeitversetzten Notwehr für misshandelte Frauen aber würde man jedwedem Missbrauch Tür und Tor öffnen. Bedeutet Justiz nicht gerade den Entzug des Rechts auf Selbstjustiz?

Als er in der Zeitschrift *Elle* im März 2012 darüber befragt wurde, antwortete François Hollande: »Ehe man an der Notwehr etwas ändert, sollte man besser zahllose Vorsichtsmaßregeln treffen.« Hinter der zurückhaltenden Formulierung gibt sich Widerstand zu erkennen. Jedenfalls hätte ein solches Vorhaben wahrscheinlich niemals Aussicht auf Erfolg. Die Europäische Menschenrechtskonvention definiert Notwehr äußerst genau, und das nationale Recht untersteht dem europäischen. Tatsächlich urteilten die »Expertenkollegien«, die die Abgeordnete herbeizitiert hatte, einige Monate später, dass eine Änderung der Notwehr keine gute Idee sei.

»Eine patriarchale Justiz«

Muriel Salmona ist eine auf Psychotraumatologie und Viktimologie spezialisierte Psychiaterin und Gründerin der Vereinigung »Traumagedächtnis und Viktimologie«. Sie arbeitet regelmäßig als gerichtliche Gutachterin, bildet auch künftige Richter aus und wird in Fernsehsendungen eingeladen, um Kriminalfälle zu kommentieren. Unermüdlich erklärt sie dort jedes Mal die durch Gewalt verursachten psychotraumatischen Störungen. Muriel Salmona setzt sich dafür ein, dass das Recht die psychologischen, neurobiologischen und psychotraumatischen Mechanismen berücksichtigt: Schock, Dissoziation, traumatische Amnesie. Den Fall Sauvage hat sie aus der Nähe verfolgt.

»Ich sollte als Gutachterin vor Gericht aussagen, doch dazu ist es nie gekommen. Ich hatte den Anwälten Unterlagen geschickt, und dabei blieb es. Ich hatte keinen Zugang zu den Akten, nur zu den Informationen, die man der Presse entnehmen konnte.

Dass die Gutachter nichts gesehen haben, erklärt sich leicht, das ist durchaus üblich. Die Mehrheit ist in Psychotraumatologie nicht ausgebildet, also untersuchen sie keine psychotraumatischen Störungen. Die traumatische Dissoziation zum Beispiel ist ein vom Gehirn aktivierter Überlebensmechanismus, der die Opfer komplett betäubt, was bewirkt, dass sie abwesend und gleichgültig scheinen, so als stünden sie völlig neben sich. Und darum können die Menschen, die sie sehen, glauben, das habe keine Folgen, obwohl diese in Wirklichkeit sehr schwerwiegend sind: gravierender als bei Menschen, die sagen: ›Mir geht es nicht gut, ich habe Ängste.‹ Je mehr die Opfer misshandelt wurden, je mehr Gewalt sie erduldet haben, desto eher glaubt man, sie seien kalt und gleichgültig: weil sie abwesend wirken.

Ich bilde Richter aus, und was sie am meisten interessiert, ist der Begriff der traumatischen Dissoziation. Sie begreifen, was sie gegen die Opfer misstrauisch macht. Diese Betäubung der Gefühle erklärt, warum Opfer schwerer Misshandlungen jahrelang bei einem gewalttätigen Partner bleiben.

Als Gutachterin stelle ich häufig Bescheinigungen aus, in denen es heißt: Über so viele Jahre war die Person völlig dissoziiert, darum ist es normal, dass sie keine Anzeige erstatten konnte. Man hat sich schwergetan, den Bedrohungen Rechnung zu tragen, die auf den Frauen lasten, und den enormen Risiken, die es bedeutet, einen Gewalttäter zu verlassen.

Bei Jacqueline Sauvage war die Notwehr eine Frage, in der ich den Anwältinnen nicht zwingend gefolgt bin. Das passte nicht in den gesetzlichen Rahmen. Aber jeder in Jacqueline Sauvages Umgebung war schwach geworden, niemand machte sich klar, was sie erlebte, kein Arzt hatte ihr die Frage gestellt. Doch wenn man die Opfer befragt, antworten sie auch. Wenn man genaue Fragen stellt, kann man den Ernst der Lage schnell erkennen. Man hat eine Frau und ihre Kinder sexuellen Gewalttaten überlassen, ohne dass es jemanden kümmerte.

Man sollte berücksichtigen, dass eine extrem traumatisierte Person von einem Traumagedächtnis der Gewalt, die sie selbst erlitten hat, ganz eingenommen sein kann. Doch das ist sehr kompliziert, da es Aggressoren eine Gelegenheit bieten kann, ihre Taten zu rechtfertigen, indem es ihnen zu sagen erlaubt, sie brächten eine in ihnen eingelagerte Gewalt zum Ausdruck. Eine Frau, die Gewalt erfahren hat, hat ein sechzehn Mal höheres Risiko, häusliche Gewalt zu erleiden; ein Mann, der sexuelle Gewalt erfahren hat, hat ein vierzehn Mal höheres Risiko, selbst zu einem Gewalttäter zu werden. Da muss man sehr vorsichtig sein, die meisten Gewalttäter und Mörder sind Opfer von Gewalt. Allerdings besteht die Besonderheit bei den Männern darin, dass sie nicht diejenigen angreifen, die ihnen Gewalt angetan haben, sondern andere. Die große Mehrheit der Frauen, die in der Kindheit Opfer gewesen sind, wird abermals Opfer, wohingegen die Männer, die Opfer gewesen sind, Täter werden. Sie behandeln sich selbst, indem sie Gewalt gegen andere verüben. Weil extreme Gewalt ein Mittel zur Selbstbehandlung ist. Wenn das Traumagedächtnis Sie überwältigt, wenn Sie sich selbst fertigmachen, sich aufopfern, können Sie sich ›besänftigen‹. Wenn Sie Ihren Frust an jemandem auslassen, werden Sie sich betäuben. Das geschieht sehr häufig. Man verdrischt denjenigen, der gerade zur Hand und einem unterlegen ist. Übrigens können auch Frauen gegen ihre Kinder gewalttätig werden. Gewalt wird stets in ungleichen Beziehungen verübt.

Man ist nicht verantwortlich für die Gewalt, die man erleidet, und nicht verantwortlich für die psychotraumatischen Störungen, die sich daraus entwickeln, aber man kann verantwortlich sein für seine Überlebensstrategien ab dem Moment, in dem sie der Unversehrtheit anderer Schaden zufügen. Wenn die Überlebensstrategie darin besteht, sich selbst zu schädigen, so begeht man keine

Straftat und kein Verbrechen. Wenn sie jedoch darin besteht, Gewalt gegen andere zu verüben, ist man haftbar. Das ist eine freie Willensentscheidung.

Ich habe nie gesagt, dass Jacqueline Sauvage für ihre Tat nicht verantwortlich wäre, doch muss man die Bedingungen berücksichtigen. Damit man sie verurteilen kann, muss man das verstehen. Ein Mann, der eine Frau aus einer überlegenen Position heraus tötet, stellt eine Gefahr für die Gesellschaft dar. Eine Frau, die nach Dutzenden von Jahren der Gewalt schließlich ihren Mann tötet, ist für die Gesellschaft eindeutig keine Gefahr. Zehn Jahre waren hart. Wäre sie zu einer Bewährungsstrafe verurteilt worden, hätte es keine öffentliche Solidarisierung gegeben.

Das war eindeutig eine patriarchale Justiz.«

Der Staatsanwalt

Was denkt ein Staatsanwalt, der »die Interessen der Gesellschaft, die öffentliche Ordnung und die Anwendung des Gesetzes« verteidigt, über den Fall Jacqueline Sauvage?

Mehr als ein Jahr nach dem Prozess, lange nachdem alle sich einig geworden sind, dass Jacqueline Sauvage *nicht gefährlich ist*, empfängt Frédéric Chevallier mich in seinem Büro in Blois. Er ist ein ehrlicher Typ, nennt Frauen »Mutter Sowieso« und Kinder »die lustigen Kleinen«. Den Fall nimmt er gewohnt gnadenlos unter die Lupe. Die Gewalttätigkeiten Norbert Marots seien »erträglich« gewesen und würden »von jedem ertragen«. In den Akten über familiäre Gewalt, mit denen er sich gemeinhin befasst, hätten die Frauen eine abscheuliche Kindheit hinter sich, betont er, und nicht »32.000 Euro« auf sechs Bankkonten wie Jacqueline Sauvage.

Der Fall fiel ihm im Berufungsverfahren auf den Tisch, als er die Stelle gerade angetreten hatte. Er habe sich die Akte gleich geschnappt, die leicht aussah, »gut gemacht«, wie er sagt, ohne besondere Schwierigkeiten. Niemand hatte die Taten bestritten, es ging also sich nicht darum, jemandes Schuld zu beweisen. Es sei im Grunde »eine Frage der Strafe« gewesen. Er hatte nicht das Gefühl, eine hohe Strafe zu fordern, scheint sogar erstaunt, dass man ihm diese Frage stellt, als ob das vergangene

Jahr seine Gewissheit, dass er damals eine gerechte Strafe gefordert hatte, erschüttert hätte. Er ist der Ansicht, er habe den Gewaltzusammenhang berücksichtigt, als er zehn Jahre forderte. »Die Kollegin hat zwischen zwölf und vierzehn Jahren beantragt, das Geschworenengericht zehn Jahre festgesetzt, mir ging es darum, dieses Strafmaß bestätigt zu bekommen, das mir minimal erschien.« Das von der Presse am häufigsten aufgegriffene Zitat aus seiner Anklageschrift lautet: »Ich will dem Unglück nicht weiteres Unglück hinzufügen, Madame, aber ich kann Ihnen keine Medaille geben.« Eine so geschwollene Ausdrucksweise bekommt man selten zu hören, doch ist seine Ansicht in diesem einen Satz im Wesentlichen enthalten.

Seine Rolle in dem Fall trug ihm viele beleidigende Briefe ein, die er in den Akten aufbewahrt. Lächelnd blättert er sie durch: »Kein Witz... ›Frohe Weihnachten‹... gut, das ist nett...« Er findet den Brief, den er gesucht hat, und liest: »Ich wünsche Ihnen, dass Sie mit Ihrer Familie aus allen Wolken fallen, dass Ihre Frau Sie betrügt, und zwar ganz professionell. Es braucht ja nur so wenig, um in Vergessenheit zu geraten. Ich werde beten, dass Ihr Leben von Problemen aller Art befallen wird: Geld, Gesundheit, Familie, Sie haben es nicht besser verdient. Nun denn, gehen Sie Ihren Weg weiter, Sie werden noch oft an meinen Brief denken. Eine Mami.«

Dann erzählt er, was er über den Fall denkt: »Wenn man die Akte kennt, ist Frau Marot [Sauvage] genau das Gegenteil von dem, was über sie gesagt wurde. Zu behaupten: ›Das Leben dieser Frau war ein 47 Jahre dauerndes Martyrium‹, ist unsäglich dumm, weil es im Gegensatz zu allem steht, was sie in ihrem Leben zu tun versucht und geschafft hat. Frau Marot war alles andere als eine unterwürfige Frau, alles andere als eine Frau, die irgendwem verfallen war. Sie wurde am 27. Dezember 1947 geboren. Mit 17 Jahren heiratete sie. Das war im Jahr 1965, stellen Sie sich das Bild vor. Sie entstammte einer Familie mit fünf Brüdern, sie war die Jüngste, alle waren gegen ihre Heirat: Sie war noch recht jung, Norbert in einer Besserungsanstalt, er hatte Affären, die Eltern und die Brüder sagten, das ist kein Kerl für dich, und sie mit ihren gerade mal 17 Jahren sagte: Dieser Typ, das ist mein Typ. Sie zeigte eine Willensstärke, die nie nachlassen sollte. Der Kerl, für den sie sich entschieden hatte, wurde ihr Mann und der Vater ihrer Kinder.

Sie ist eine Frau, die trotz ihrer vier Kinder immer malocht hat. Sie sagt sogar, sie habe es hinbekommen, Norbert Arbeit zu verschaffen. Weil Norbert nicht ihr großes Los war… weil Norbert doch ein Idiot war… Aber er war ein hübscher Kerl, bei ihrer Hochzeit sahen sie beide gut aus. Sie war zufrieden damit, ihn an die Arbeit zu setzen. Sie kannte Zeiten der Arbeitslosigkeit, und dann nahm sie eine Beschäftigung mit ihm zusammen auf. Nicht er war es, der sie dazu brachte, sie sagt: ›Er war sowieso unfähig, etwas auf die Reihe zu bekommen, also musste ich mich darum kümmern.‹ In Wirklichkeit war also sie es, die diese kleine Gesellschaft mit den Kindern der Familie führte. Und er war an fünf von sieben Tagen in der Woche unterwegs, das heißt, ›die Hölle‹ beschränkte sich auf diese Zeit… Sie sagt, er sei höchstens einmal im Monat gewalttätig gewesen. Wenn man eine Akte über tägliche häusliche Gewalt zur Hand nimmt, gibt man sich mit Worten nicht zufrieden, mögen sie von einem Mann oder einer Frau stammen, man muss die Sache objektiv betrachten. Dazu gibt es oft zwei Mittel:

medizinische Gutachten und externe Zeugenaussagen. Drei Dokumente, die wir in den Akten haben, belegen drei Fahrten ins Krankenhaus von Amilly, eine der Tochter und zwei von Frau Marot. Das aber wurde durch die ärztliche Schweigepflicht geheim gehalten; warum, hat nie jemand gesagt. Ich erinnere mich, dass ich in der Verhandlung zu ihr sagte: Frau Marot, möchten Sie uns, da Sie die ärztliche Schweigepflicht aufheben können, bitte sagen, ob die beiden Male, die Sie 2005 und 2007, glaube ich, ins Krankenhaus gingen, in einer Verbindung mit häuslicher Gewalt standen? Sie sagte: Überhaupt nicht.

Niemand, der sie an ihrem Arbeitsplatz gesehen hat, bemerkte, dass sie sich beklagt oder Spuren von Schlägen aufgewiesen hätte, sie konnte auf sich aufpassen. Ich behaupte nicht, dass Norbert sie nicht geschlagen hat, zweifellos neigte dieser Mann zu unzulässiger Gewalt, aber es waren keine 47 Jahre Martyrium, in denen jeder mehrmals am Tag vergewaltigt worden wäre. Aberwitzig ist auch, dass die Töchter nichts gesagt und nichts getan haben… am Ende war die Jüngste doch bald fünfzig Jahre alt.

Eine nach der anderen zog sich aus der Firma zurück. Konnten sie sich vorstellen, dass ihre Mutter mit ihrem Vater in einer alltäglichen Hölle lebte, wenn sie erstens abgehauen sind, zweitens nichts unternommen haben und drittens weiterhin normale Beziehungen unterhielten, sogar ihre Kinder den Großeltern zu Besuch brachten? Da gab es Verhaltensweisen, die nicht zusammenpassen. Oder es gab Gewalttätigkeiten, die viel weniger bedeutsam waren, als man heute sagt, die erträglich waren und von jedem ertragen werden.

Der Höhepunkt war erreicht, als er eine Geliebte hatte. Als Frau Marot auf sie einschlug und ihr sagte, das sei ihr

Platz, den sie sich von ihr nicht nehmen lasse, zeugte das nicht davon, dass sie ein Opfer von Gewalt war, sondern davon, dass sie, was sie erlebte, gut genug ertragen konnte, um nichts daran ändern zu wollen. Ich behaupte nicht, dass sie um ihre Lage zu beneiden gewesen wäre. Ich verstehe, was sie sagen wollte, als sie jene Dame schlug.

Im Alter von 15 Jahren und sieben Monaten sagte sie, das ist mein Typ. Und nun will eine etwas jüngere Tussi ihren Platz einnehmen. Aber das ist mein Platz, den wirst du mir nicht nehmen! Wie unvollkommen er auch sein mag – er haut mir aufs Maul, doch das geht dich nichts an , der Platz gehört mir, ich habe ihn mir geschaffen, und du wirst ihn mir nicht nehmen. In diesem Moment zeigte sich meiner Meinung nach, dass das, was sie erlebte, keine Hölle war.

Die Vorstellung einer Frau, die 47 Jahre lang die Hölle durchgemacht hat, läuft der Geschichte zuwider. Sie war resolut, und als alles den Bach hinunterging, hat sie entschieden, wann es aufhören sollte.

Es gab sechs Konten, insgesamt 32.000 Euro. Allgemein wird häusliche Gewalt, wie man den Akten entnehmen kann, von wirtschaftlicher Not der Frauen begleitet, die sich ohnehin schon in physischer und psychischer Abhängigkeit befinden. Oft können sie sich gar nicht vorstellen, abzuhauen. Sie aber war selbständig.

In einem bestimmten Moment sagte sie zu ihrem Mann, ich habe versucht, dich aufzurichten. Sie hatten vier Kinder, der Pascal jagte sich eine Kugel in den Kopf, die anderen lustigen Kleinen zogen sich zurück, und im Jahr 2012 wollten alle das sinkende Schiff verlassen? Sie wollte die Lastwagen verkaufen, er nicht, er glaubte, es würde wieder besser werden, sie sagte nein, und so ging alles, was sie in 47 Jahren aufgebaut hatte, allmählich zu Bruch.

Sie läutete das Ende seiner Schonzeit ein. Sie sagte, du gehst mir auf den Sack, und das ist der Weg, den sie gefunden hat, um das zu beenden.

Das Problem von Frau Sauvage war, dass keine Träne vergossen wurde. Es kommt vor, dass man mit den Angeklagten weinen möchte. Da jedoch spürte ich keinerlei Empathie. Dieses Gefühl rief sie in mir nicht hervor. Manchmal bringen selbst Vergewaltiger und Mörder einen dazu, zu sagen: ›in was für einer Scheiße sie stecken‹… Aber da: niemals. Ich kam nie so weit, dass ich Empathie für sie empfunden hätte. Das sagen auch diejenigen, die sie im Rahmen der interdisziplinären Kommission gesehen haben… Diese Frau hätte sagen können, ich habe meinen Kerl abgeknallt, was ist nur in mich gefahren? Man muss die Fresse dieses Typen mal sehen. Was hat er abbekommen… das war eine Brenneke – eine Patrone zum Töten von Wildschweinen, kein Blei, sondern ein Flintenlaufgeschoss – und er hat sie mitten in den Kiefer bekommen.

Ich habe den Gerichtsmediziner gefragt, wann er bei Norbert die Autopsie vorgenommen habe. Denn ich hatte auf dessen Herz zwei Initialen bemerkt. Im Prozess sagte ich zu dem Gerichtsmediziner: ›Ist Ihnen, als Sie die Autopsie vornahmen, etwas aufgefallen?‹ – ›Nein.‹ Ich sagte ihm, ich hätte etwas auf dem Herz gesehen: ›Können Sie das bestätigen, wenn Sie sich das Foto ansehen?‹ Dann schaute er hin und antwortete: ›Ja, stimmt, sieh mal an.‹ Ich fragte ihn: ›Können Sie dem Gericht die Initialen nennen?‹ Er sagte: ›JS.‹

Sie war ihm tatsächlich unter die Haut gegangen.

Anfangs glaubte ich, die Anwältinnen seien Schwurgerichtssitzungen nicht gewohnt, das sei ein Sketch. Das war das erste Mal, dass ich sah, wie eine Verteidigung direkt gegen die Wand fährt. Ich sagte mir, das ist schwachsinnig. Doch in Wirklichkeit glaube ich das nicht.

Das begann ich mich zu fragen, als ich die beeindruckende Liste der Belastungszeugen sah. Sie ließen Leute vorladen, die vielmehr zu Frau Marots Ungunsten aussagten: den Bürgermeister, die Nachbarin, sie alle sagten, wenn Vater Marot ein Arschloch war, dann stand Mutter Marot ihm nicht weit nach, das war ein Arschloch-Duo, eine feine Sache. Ich fragte mich, warum die Verteidigung diese Zeugen geladen hatte? Als ich die beiden Anwältinnen googelte, sah ich, dass es dieselben waren wie in dem Fall Douai [in dem die Angeklagte Alexandra Lange des Mordes an ihrem gewalttätigen Mann freigesprochen wurde]. Im Fall Douai forderte selbst die Staatsanwaltschaft einen Freispruch, das ist normal. Aber das hier war eine ganz andere Geschichte! Und es gelang mir nicht, eine Verbindung zwischen ihrer Strategie zur Verteidigung von Frau Sauvage und dem Freispruch von Alexandra Lange herzustellen.

Die Sache nahm eine interessante Wendung, als unsere Zeugen in den Zeugenstand traten und sagten: ›Wir haben gesagt, Frau Marot sei nicht nett gewesen, das stimmt, doch jetzt verstehen wir, dass sie unter Norberts Einfluss handelte.‹ Was aber erlaubt ihnen jetzt zu verstehen, dass Frau Marot unter seinem Einfluss gehandelt hat? ›Weil jeder sagt: Norbert war ein Haustyrann. Das begreifen wir jetzt.‹ Ich glaube, die Leute waren gebrieft worden. Derart, dass einer der Beisitzer etwas gereizt zu dem Bürgermeister sagte: ›Achtung, Herr Bürgermeister, eine Falschaussage vor einem Geschworenengericht…‹ Das war ein richtiger Sinneswandel im Vergleich zu dem, was sie vor den Gendarmen und dann vor dem Geschworenengericht [in der ersten Instanz] gesagt hatten. Auf einmal erschien sie als die boshafte Frau Marot, weil sie die Frau des boshaften Herrn Marot war. Die Idee war, zu sagen, Frau Marot sei zu nichts fähig ohne ihren Mann.

Zum Zeitpunkt der Anhörung herrschte also Einigkeit darüber, dass 1. Marot ein Arschloch ist, 2. sie ein Opfer dieses Arschlochs ist, also nicht bösartig – und er zum Glück tot ist. Es endete mit einer Nachbarin, die sich zu Jacqueline umdrehte und sagte: ›Ich danke Jacqueline! Seit er tot ist, wachsen die Bäume in meinem Garten wieder.‹ Und dann, das schwöre ich Ihnen, blickte die Vorsitzende alle an… sie sagte nichts, denn die Leute haben das Recht, zu sagen, was sie denken, aber das war dennoch merkwürdig. So etwas hatte man seit Attila nicht gesehen! Das baut einen wieder auf!

Es gab zwei Möglichkeiten: Entweder würde Frau Marot freigesprochen und am Ende des Prozesses freigelassen – was spektakulär genug gewesen wäre –, weil man meinte, die Bedingungen der Notwehr seien eindeutig gewesen, was durchaus möglich gewesen wäre. Sagen wir, sie hätten nach Treu und Glauben dafür plädiert, indem sie sich sagten, man wisse ja nie, die Rechtsprechung könne sich weiterentwickeln, das hätte an jenem Tag sein können, aber es wäre eine unmögliche Aufgabe. Man hätte jedoch auch noch eine kleine 2 haben müssen, eine andere Option, wenn sie den Richtern gesagt hätten, wie es Anwälte üblicherweise tun: ›Wenn Sie der Ansicht sind, dass die Bedingungen der Notwehr nicht ausreichend gegeben sind…‹, und da hätte man auf bestimmte Dinge zurückkommen müssen, die ich in meinem Strafantrag gesagt hatte, und einen Kontrapunkt setzen müssen. Das aber haben sie überhaupt nicht getan. Man sprach zwei Stunden über Notwehr und basta.

Ihre Logik war: Entweder bekomme ich einen Freispruch, oder wir lassen sie fallen, wir bringen etwas anderes ins Rollen, das über den Fall der Frau Marot hinausreicht. Also blieb Frau Marot in Haft, und sie drehten die Sache herum: Zehn Jahre sind viel zu viel, diese Frau wurde 47 Jahre lang misshandelt und vergewaltigt! Und sie verfolgten den Plan mit den Medien und mit Valérie Boyer.«

»Ehe wir unsere Anträge stellen, treffen wir uns immer. Sie fragten mich: ›Was werden Sie sagen, Herr Staatsanwalt?‹ Ich antwortete ihnen, ich würde das Rad nicht neu erfinden und sagen, dass es entgegen dem, was sie uns vor ein paar Tagen gesagt haben, keine Notwehr war, dann würde ich mir etwas Zeit nehmen, um den Geschworenen den Sinn der Strafe zu erklären, die ich fordern würde. Das war alles. Also wussten sie, was ich vorhatte. Sie hatten ein kleines schwarzes, mit weißer Tinte beschriebenes Notizbuch, das war ihr Verhandlungsnotizbuch, in dem alles stand: Sie hatten vorab schon alles aufgeschrieben. Ich hätte alles sagen können, es war ihnen egal. Ich hatte das erste Wort, ich habe das Recht, zu sagen, was ich will, und in der Regel berichtigt mich die Verteidigung.

Nach mir war der Boulevard offen, aber zum Strafmaß haben die Geschworenen nur meine eigene Version gehört [die falsch war: das mögliche Entlassungsdatum, das er für den Fall ankündigte, dass die Geschworenen an dem Strafmaß von zehn Jahren festhalten, war nicht garantiert. Die Verteidigung hat allerdings keinen Einspruch erhoben.] Als ich sagte, sie würde zu dem und dem Datum entlassen, hätten sie sagen müssen: Warten Sie, so einfach ist das nicht, es wird eine Haftstrafe mit einer Sicherheitsperiode[15] geben, man wird das Strafvollzugsgericht[16] anrufen müssen usw. Es gab vieles zu sagen, und gesagt wurde nichts. Diese Frau hat man geopfert, um sie ins Gefängnis zu schicken und Plan B zu verfolgen, der zweifellos Plan A war.«

Die Geschworenen berieten etwas weniger als fünf Stunden. Jacqueline wartete in der kleinen gelben übelriechenden Zelle des Gerichtsgebäudes, das Frédéric Chevallier mich zehn Monate später besuchen ließ. Um 22:30 Uhr kehrten sie zurück und verkündeten ihr das Urteil.

Die Anwältinnen stellten keinen Revisionsantrag. Von vornherein waren sie also der Ansicht, dass die Regeln eines fairen Prozesses beachtet worden seien. Die Strafe war damit rechtskräftig, nun konnten sie nur noch ein Gnadengesuch stellen.

»Die Journalisten heulten mit den Wölfen, ohne die Wahrheit zu prüfen«, resümiert Frédéric Chevallier. »Diese ganze kasuistische Konstruktion schockierte mich. Journalist ist ein schöner Beruf, aber da fand ich sie nicht besonders schlau. Es hieß, wenn man gegen die Begnadigung ist, ist man für Gewalt gegen Frauen. Und wir waren nicht einmal in der Lage, uns zu äußern, weil

15 Période de sûreté: im französischen Strafrecht eine vom Gericht festgesetzte Zeit, in welcher der Häftling keinen Antrag auf Hafterleichterung stellen darf; nicht zu verwechseln mit einer an die Haftzeit anschließenden Sicherheitsverwahrung. (A.d.Ü.)
16 Tribunal de l'application des peines (TAP): Gericht, das in Frankreich über den Vollzug der Strafe wacht; es kann auch um eine vorzeitige Entlassung oder Hafterleichterung angerufen werden. (A.d.Ü.)

man uns sagte: Man darf nicht illoyal gegen den Präsidenten der Republik sein, es darf nicht sein, dass er in seinen Überlegungen beeinflusst wird. Also haben wir ab dem Moment, wo er hinzugezogen wurde, nichts mehr gesagt… Ich hätte sehr gern einige Dinge ganz sachlich gesagt. Aber der Generalstaatsanwalt wünschte es nicht.«

Freigelassen

Nachdem der Präsident einer Teilbegnadigung zugestimmt hatte, wurde die Entscheidung darüber, ob Jacqueline Sauvage freigelassen werden sollte oder nicht, den Strafvollzugsrichtern überlassen, wobei psychologische Gutachten zunächst ihre Gefährlichkeit einzuschätzen hatten.

Am 12. August 2016 lehnte das Strafvollzugsgericht von Melun trotz der Befürwortung seitens der Kommission eine bedingte Haftentlassung Jacqueline Sauvages ab.

In dem Bescheid der Strafvollzugsbehörde hieß es, sie nehme an Gottesdiensten, Sport und soziokulturellen Aktivitäten teil, verhalte sich »korrekt gegen das Personal« und sei »unauffällig und wenig anspruchsvoll«. Sie werde bei ihrer Tochter Caroline wohnen können. Sie beziehe die Hinterbliebenenrente ihres Mannes sowie dessen eigene Rente, und sie habe angedeutet, Jagd und Waffen hinter sich gelassen zu haben. »Frau Sauvage möchte keiner Vereinigung weiblicher Gewaltopfer beitreten, anscheinend will sie kein Symbol des Kampfes gegen Gewalt gegen Frauen sein.«

Die Kommission war mehrheitlich der Ansicht, man könne »nicht völlig ausschließen, dass von der Angeklagten eine Gefahr ausgeht oder ein Rückfallrisiko besteht. Während ihrer Haft hat sie gelernt, sich ausschließlich als Opfer zu betrachten, was sie davon abhält, sich selbst in Frage zu stellen.«

Am Donnerstag, dem 24. November, wies der Appellationsgerichtshof von Paris den Antrag auf Lockerung des Strafvollzuges zurück.

Der 25. November, der Internationale Tag zur Beseitigung von Gewalt gegen Frauen, verging ohne eine symbolische Geste seitens der Justiz.

Am 28. Dezember 2016 gewährte François Hollande eine vollständige Begnadigung. Der Präsident der Republik erklärte auf Twitter: »Ich habe beschlossen, Jacqueline Sauvage den Rest ihrer Strafe gnädigerweise zu erlassen. Diese Begnadigung wird ihre Haft unverzüglich beenden.«

»Holland endlich Präsident!« konnte man in der regionalen Presse lesen.

Am selben Tag gegen 18:30 Uhr verließ Jacqueline Sauvage in einem Zivilstreifenwagen das Gefängnis von Réau.

Sich der Gewalt bemächtigen

Auf dem von der Polizei aufgenommenen Foto sieht man den Körper Norbert Marots, der mit dem Gesicht nach unten auf die Steinplatte gestürzt ist. Er hat noch den Gartenstuhl mit vier Beinen in der Luft am Gesäß. Die Haare und das ärmellose Hemd, das man im Englischen *wife beater* nennt, sind weiß, und auf der Terrasse hat sich eine Blutlache ausgebreitet. Als die Gendarmen den grünen Plastikstuhl wegnahmen, müssen sie die zwei Löcher im Rücken gesehen haben, eines in der nackten Schulter, das andere im Hemd. Und dann, als sie den Leichnam herumdrehten: Norberts zerfetzten Kiefer.

Man kann sich die Szene gut vorstellen: seine Frau, die sich seinem Rücken leise nähert, und den Gewehrlauf, der aus der Terrassentür hinauslugt; dann ruft sie, »schwankend und außer sich«, die Polizei. Doch was sich dem geistigen Auge vor diesem Bild aufdrängt, sind diejenigen, die sich normalweise an jener Stelle befinden, mit dem Kopf auf den Boden gedrückt in einem Meer von Blut, mit durchschnittener Kehle, geknebelt, von Messerstichen durchbohrt: all diejenigen, die dem Monster in die Quere gekommen sind. »Ständig werde ich wegen meiner erotischen und sexistischen Szenen kritisiert, in denen Frauen zerstückelt oder in Gefahr gebracht werden«, sagt Brian De Palma. »Ich mache Suspense-Filme! Was kann ihnen denn sonst noch passieren?« Logisch, dass er sie uns alle nackt, verbrannt, in Stücke geschnitten und geschoren zeigt: eine Galerie vernichteter Körper, die aber den Tod jedes Mal Frauen vorbehält. Die Bilder misshandelter Körper sind ein vertrauter Anblick, und doch wirken sie nicht minder bedrohlich. Sie machen eine andere, subtilere oder unsichtbare Gewalt wirksam, verleihen denen Stärke, die selbst keine Gewalt verüben, und ziehen auch diejenigen in Mitleidenschaft, die keine Opfer sind. Sie stellen ein mögliches Schicksal in Aussicht. Damit muss man leben, mit der Vorstellung nämlich, *das* könnte einem auch passieren. Und was kann man angesichts solch einer zerstörerischen Kraft tun?

Vielleicht hätte jeder dieses Foto sehen sollen. Es dreht die Perspektive um und macht den Angriff einer Frau vorstellbar. Es sagt, dass man Gewalt von Frauen nicht unterschätzen sollte. Hat Norbert Marot jemals Angst vor seiner Frau gehabt? Und was ist mit den 216.000 Männern, die ihre 216.000 Frauen schlagen? Haben sie die drei Schüsse gehört?

Allen Männern auf der Welt einen kalten Schauer über den Rücken jagen

Am 23. Juni 1993 schnitt Lorena Bobbitt in Manassas, Virginia, ihrem Mann mit einem Küchenmesser das Geschlechtsteil ab, während er schlief. Sie beschuldigte ihn, sie vergewaltigt zu haben: der letzte Akt einer sechs Jahre andauernden Missbrauchsbeziehung. An jenem Abend verließ sie das Haus, stieg in ihr Auto und warf das Geschlechtsteil ihres Mannes aus dem Fenster auf ein Feld. Die Polizei musste stundenlang im Gras nach dem Schwanz suchen, der ihm in einer langen Operation wieder angenäht wurde.

Dieses Szenario, das sich zwischen der Serie »Z« und

mythologischer Erzählung bewegt, war dazu angetan, die Geschichte von Lorena und John Wayne Bobbitt – so sein richtiger Name – wochenlang auf die Titelseiten zu bringen. Eine Verstümmelung der Genitalien widerfährt Millionen von Frauen jedes Jahr, ohne dass ihre individuellen Geschichten uns jemals erreichen. Bertolt Brecht: »Wenn die Verbrechen sich häufen, werden sie unsichtbar.«

Aber so ist es nun mal, die Gewalt von Frauen wirft moralische Fragen auf, die die von Männern nicht stellt.

Der Prozess wurde leidenschaftlich verfolgt und der Fall zu einem landesweiten Gesprächsthema. Hatte sie recht oder unrecht gehabt? War das cool, *badass*, oder handelte es sich nicht vielmehr um Folter? Lorena wurde für nicht schuldig befunden, da sie aufgrund der Misshandlungen in einem *Zustand psychischer Schwäche* gehandelt habe. Durch die Radikalität ihrer Tat, nämlich einer nicht symbolischen, sondern buchstäblichen Kastration, konnte sie sich als *freedom fighter* präsentieren, auch wenn die Auffassung, sie habe durch das Abtrennen des Geschlechts ihres Mannes die Kontrolle über ihr Leben zurückgewonnen, nicht ihrer Verteidigung entsprach, die im Gegenteil darin bestand, sich selbst als krank (»Zustand psychischer Schwäche«) zu bezeichnen, was die Geschworenen bestätigten, indem sie sie freiließen. Aber war das ein feministischer Sieg?

Nach ihrem Freispruch wurde Lorena Bobbitt zu einem Symbol für häusliche Gewalt. Ihre Tat wurde als eine neue Form des Aktivismus gepriesen. Die feministische Essayistin Barbara Ehrenreich rief im *Time Magazine* dazu auf, überall in Amerika sollten »lohnabhängig beschäftigte Frauen und Hausfrauen ihre Messer wetzen«. Frauen wurden ermutigt, ihre sie missbrauchenden Ehemänner zu entwaffnen. Sie verglich Lorena mit einer neuartigen Kriegerin nach dem Vorbild von »Thelma und Louise« und prägte dafür den Ausdruck »sociosexual vigilantism«. Lorena Bobbitt sei das Gesicht eines neuen, endlich aggressiven Feminismus. Als Zeichen der Solidarität verwandelten ihre Unterstützerinnen das V des Sieges in eine Schere. Die radikal-libertäre Feministin Camille Paglia freute sich über diese revolutionäre Tat, die »allen Männern auf der Welt einen kalten Schauer über den Rücken jagen sollte«.

Dem Beispiel Lorenas folgten einige weitere Fälle, die manche schon von einer »Bobbittmania« sprechen ließen, doch in Wirklichkeit sind Taten dieser Art so selten, dass die Ärzte, die John Wayne operierten, in der neueren medizinischen Fachliteratur kein Beispiel finden konnten.

»Wenn all die Publicity, die es um ihren Missbrauch gegeben hat, einer einzigen Person helfen kann, ihre Freiheit wiederzugewinnen, dann war nicht alles umsonst«, sagte Lorena Bobbitts Pressesprecherin nach ihrem Prozess. Aber natürlich war all das völlig umsonst.

Nachdem der Penis wieder angenäht war, flößte die Tat nicht mehr allzu viel Furcht ein, und die Geschichte Lorena Bobbitts konnte zu einer Komödie werden. Man machte daraus Wortspiele, Parodien im Fernsehen und komische Sprüche auf T-Shirts, während John Wayne seine schmutzige Geschichte zu Ende brachte, indem er eine Karriere als Pornodarsteller begann und in Filmen wie »Frankenpenis« und »John Wayne Bobbit Uncut« auftrat.

Viele Jahre später, 2016, bekam Lorena Standing Ovations, als sie ihre Geschichte im Fernsehen erzählte. Sie machte niemandem Angst, und die Geschlechterordnung wurde durch ihre Tat um keinen Deut verändert. Dazu bräuchte es zweifellos mehr als einen abgetrennten und dann wieder angenähten Penis. Lorena Bobbitt wurde einfach ein Teil des bizarren Starrummels, der in der amerikanischen Kultur um Kriminalität gemacht wird.

Gewaltfreie Revolution

In ihrem Buch »King Kong Theorie« schreibt Virginie Despentes: »Frauen haben das Gefühl, es sei notwendig zu bekräftigen: Gewalt ist keine Lösung. An dem Tag, an dem Männer Angst davor haben, dass ihr Schwanz mit einem Teppichmesser aufgeschlitzt wird, wenn sie sich ein Mädchen mit Gewalt gefügig machen, werden sie ihre ›männlichen‹ Impulse plötzlich besser kontrollieren können und verstehen, was ›nein‹ bedeutet.«

Der Feminismus hat noch nie jemanden umgebracht, sagte Benoîte Groult einige Jahrzehnte zuvor. Diese Feststellung, die als erwiesen gilt, sollte die Brutalität des Patriarchats – oder besser gesagt: des *machismo* – vor Augen führen, der seinerseits Tag für Tag Menschen tötet. Aber sie sagt auch etwas über die Gewaltlosigkeit des Feminismus. Der Feminismus bringt nämlich niemanden um. Er ruft nicht zu einem bewaffneten Aufstand auf.

Wenige Aktivistinnen wie Madeleine Pelletier und Arria Ly befürworteten zu Beginn des 20. Jahrhunderts den Gebrauch von Waffen. Sie setzten sich für den Militärdienst von Frauen ein und dafür, dass diese sich duellieren dürfen. Madeleine Pelletier glaubte, dass, wenn Frauen ihr Land verteidigen könnten, man ihnen das Wahlrecht nicht verweigern dürfe. Arria Ly, die selbst einen Revolver trug, forderte das Recht auf Selbstverteidigung gegen Angriffe von Männern und sprach sich für die Gründung eines weiblichen Freiwilligenkorps aus.

Sie provozierte Ehrenduelle mit Männern, deren Verhalten sie als respektlos empfand.

Doch dieser radikale Feminismus (der auch eine »kämpferische Jungfräulichkeit« propagierte und in der Mutterschaft die Quelle der Unterlegenheit der Frau sah) war längst überholt. Die Gewaltlosigkeit hatte sich weitgehend durchgesetzt. Die »Bewegung der misshandelten Frauen« entstand in den USA in den 1960er Jahren als Teil des Kampfes für Bürgerrechte inmitten antimilitaristischer Proteste.

Sie trat unter anderem mit dem Slogan »Der Weltfrieden beginnt zu Hause« hervor. Die französische Frauenbefreiungsbewegung[17] verurteilte jede Art von Gewalt als Bestandteil des Patriarchats, und das zu einer Zeit, da andere unterdrückte Gruppen – Arbeiter und kolonisierte Völker – sich entschlossen, zu den Waffen zu greifen. In »Die Verdammten dieser Erde« schrieb Frantz Fanon, dass der Kolonialismus »Gewalt im Naturzustand ist und sich nur einer größeren Gewalt beugen wird«. In Sartres berüchtigtem Vorwort heißt es: »Man muss töten. Einen Europäer zu töten bedeutet, zwei Fliegen mit einer Klappe zu schlagen, gleichzeitig einen Unterdrücker und einen Unterdrückten zu beseitigen: Es bleiben ein toter Mensch und ein freier Mensch.«

Der feministische Kampf zielt auf eine gewaltfreie Revolution. Ihm liegt ein höheres Ideal von Gerechtigkeit und Respekt zugrunde, das sich mit einem Aufruf zur Gewalt nur schwer vereinbaren lässt. Er ist auch ein Humanismus, den mitunter diejenigen verteidigen, denen man trotz allem vorwirft, sie wollten einen »Krieg der Ge-

17 Mouvement de Libération des Femmes (MLF), 1970 gegründet. (A.d.Ü.)

schlechter«: Auch die Männer werden durch das Ende ihrer eigenen Herrschaft befreit.

Es gibt einen offensichtlichen Grund, warum Feministinnen, von wenigen Ausnahmen abgesehen, nicht zur Gewalt aufrufen: die Notwendigkeit nämlich, die Gewalt anzuprangern, der sie selbst ausgesetzt sind. Und wie prangert man Gewalt mit einer Waffe in der Hand an? Zunächst war es geradezu lebenswichtig, häusliche und sexuelle Gewalt als ein geschlechtsspezifisches Problem zu begreifen, das von einem patriarchalischen System mit ungeeigneten Gesetzen und einer dazugehörigen Infrastruktur aufrechterhalten wird. Außerdem kam es darauf an, den Gegenangriffen von Antifeministen standzuhalten. Denn die Rede von einer Symmetrie häuslicher Gewalt – der zufolge Frauen in Wirklichkeit genauso gewalttätig seien wie Männer – folgt dem Thema Gewalt gegen Frauen wie ein Schatten. Die Statistiken über häusliche Gewalt lösen regelmäßig Kontroversen über die Methoden und die aufgeführten Taten aus. Ebenso regelmäßig werden sie widerlegt – es ist bekannt, dass die von Männern verübte Gewalt viel schwerwiegender ist, häufiger vorkommt und von einem Machtwillen geprägt ist –, aber das Argument hält sich hartnäckig. Und die Verfechter der Männerrechte gewinnen in dem Maße an Einfluss, in dem die Frauenrechte Fortschritte machen, was antifeministische Ressentiments schürt und der Behauptung Vorschub leistet, nun würden umgekehrt die Frauen Vorrechte beanspruchen. Die Gefahr bei der Thematisierung von Gewalt gegen Frauen besteht darin, dass Gewalt in der Ehe relativiert und wieder als ein »Eheproblem« betrachtet wird, für das beide verantwortlich seien, was zur Folge haben könnte, dass die erzielten Fortschritte wieder rückgängig gemacht werden.

Die Aufwertung der Macht der Frauen und ihrer Fähigkeit, sich zu verteidigen, birgt noch weiteren Zündstoff: denn aufs Neue schiebt man ihnen die Schuld an der Gewalt zu, die sie erleiden. Die uralte Schuldzuweisung an Vergewaltigungsopfer beruht zum Teil auf der Annahme, die Frau habe nicht energisch oder deutlich genug Widerstand geleistet: ein Vorwurf, den die Opfer manchmal auch sich selbst machen. Bereits Titus Livius berichtet in seiner »Römischen Geschichte«, dass Lucretia, die für ihre Tugendhaftigkeit bekannte Tochter des Präfekten von Rom, nachdem sie von Sextus vergewaltigt worden war, sich das Leben nahm, um zu zeigen, dass es nicht die Angst vor dem Tod war, die sie dazu brachte, ihrem Vergewaltiger nachzugeben. Dem lag die Vorstellung zugrunde, der Tod sei der Schande einer Vergewaltigung vorzuziehen.

Wer mit dem Leben davonkommt, habe sich nicht ausreichend verteidigt. Auch die Philosophen der Aufklärung waren der Meinung, ein Mann könne eine Frau nicht vergewaltigen, wenn diese wirklich entschlossen sei, sich ihm zu widersetzen. Zum Beweis erklärte Voltaire, dass, wenn man die Scheide eines Schwertes bewege, das Schwert nicht in die Scheide passe… Was Nichteinwilligung wirklich bedeutet, steht auch heute noch unter Verdacht. Für solche Gewalt werden die Frauen verantwortlich gemacht.

Doch wer diese Macht ignoriert, läuft Gefahr, einen anderen sexistischen Mythos zu nähren, nämlich den der weiblichen Gewaltlosigkeit, der das »schwache Geschlecht«, das sich selbst nicht zu verteidigen wisse und Schutz benötige, abermals herabwürdigt.

In dem Artikel »Frauen, Krieg und Gewalt«, der 1981 in *La revue d'en face*, dem Organ der Frauenbefreiungsbewegung MLF, erschien, schrieb die Philosophin Marie-Jo Dhavernas, eine der wenigen, die den Mythos der Gewaltlosigkeit von Frauen anprangerte: »Mir scheint, die Vermeidung des Problems rührt zum großen Teil daher, dass sämtliche Strömungen der Bewegung [MLF] im Namen der Gewaltkritik den Mythos der Gewaltlosigkeit von Frauen (ob diese nun aus der Biologie, dem Unbewussten oder der Kultur stammen mag, spielt in diesem Fall keine Rolle) stillschweigend gutheißen. Außerhalb der Bewegung, aber manchmal auch innerhalb, bekam man zu hören, dass das ›Geschlecht, welches das Leben schenkt, nicht den Tod bringen will‹, was die Ambivalenz der Liebe (zumal der mütterlichen oder elterlichen) allerdings unterschätzt [...] Andererseits erscheint allein die Tatsache, dass Frauen anders denn als Opfer etwas mit Gewalt zu tun haben können, oft beinahe wie ein Sakrileg [...], es widerspricht dem Bild der sanftmütigen Frau (und schlimmer noch, der guten Mutter) und stört die dichotomische Ordnung der Gesellschaft.«

Bis heute spricht kaum jemand über Gewalt von Frauen ohne die üblichen Vorsichtsmaßnahmen, die vor allem in Hinweisen darauf bestehen, dass Gewalt in überwältigendem Maße von Männern verübt wird, als ob die Beschäftigung mit dem Thema selbst schon ein Sakrileg wäre oder diese Tatsache in Abrede stellte. Sie ist übrigens auch gar nicht zu bestreiten: Frauen begehen weniger Verbrechen als Männer. In Frankreich stellen sie nur vier Prozent der Gefängnisinsassen. Ein solches Missverhältnis findet man überall auf der Welt.

Warum? Verübt die Frau keine Gewalt, weil sie gewaltlos *ist?* Man könnte die Frage so stellen, wie Simone de

Beauvoir einst nach der Minderwertigkeit von Frauen gefragt hat. Zwar ist die Frau tatsächlich nicht oder zumindest weniger gewalttätig, doch die Frage lautet: Ist sie so geworden oder ist sie es schlechthin?

Seit man kriminelle Frauen beobachtet, fragt man sich, warum sie *weniger* kriminell sind als Männer. Es geht darum zu verstehen, wie sich ihre Gewalt durch ihre Motive, ihre Beschaffenheit, ihren Ursprung und ihre Ausprägungen unterscheidet. Im 19. Jahrhundert glaubte Cesare Lombroso, der Begründer der Kriminologie, dass kriminelle Frauen Männern physiologisch näherstünden als »normalen« Frauen. »Nur Männer töten aus Wut«, sagte Lenore Walker, die im folgenden Jahrhundert das »Syndrom der misshandelten Frau« prägte.

Entweder sieht man gewalttätige Frauen als etwas weniger weiblich oder aber ihre Gewalt als etwas weniger gewalttätig an. Könnte es sein, dass hinter all diesen Unsichtbarmachungen, diesen Verleugnungen von Verantwortung ein unbewusster Wunsch steht, Frauen möchten nicht aus ihrer Rolle fallen?

Sind wir uns so sicher, dass aggressive Impulse, Herrschsucht und Kontrolle uns fremd sind? Und warum fragen wir uns nicht, warum Männer gewalttätiger sind als Frauen?

»Die feministischen Bewegungen aller Schattierungen haben eine Ewigkeit gebraucht, um Frauen außerhalb des Käfigs der Herrschaft zu betrachten; sie als freiwillige Akteurinnen ihres Schicksals zu betrachten, auch wenn es gewalttätig ist«, schreibt die Historikerin Arlette Farge in »Gewalt von Frauen denken«.[18] Die Texte dieses Bandes

18 Coline Cardi/Geneviève Pruvost (Hg.), Penser la violence des femmes, Paris 2012.

analysieren die vielfältigen Prozesse der Vertuschung, der Verfälschung und Bevormundung weiblicher Gewalt in all ihren Formen und stellen die weibliche Gewaltfreiheit als eine soziale Konstruktion dar. Ob man die politische Dimension ihrer Verbrechen leugnet, indem man Täterinnen als verliebte Frauen unter fremdem Einfluss behandelt, ob man ihnen eine auf ihre Sitten achtgebende strafrechtliche Behandlung vorbehält, ob man sie zu den Verrückten zählt… Während sie für die Gewalt, die sie *erleiden*, oft verantwortlich gemacht werden, scheint ihnen die, die sie verüben, aus den Händen zu gleiten.

»Ich hatte nur eine Leidenschaft: die Revolution«, sagte Louise Michel ihren Richtern, die sie dazu bringen wollten, zu sagen, sie habe unter dem Einfluss ihres Geliebten gehandelt, während sie wie ihre Kampfgefährten die Todesstrafe forderte. »Du sagtest: ›Ich habe getötet!‹, weil du sterben wolltest«, schrieb Victor Hugo in einem ihr gewidmeten Gedicht. Sie wurde zur Verbannung verurteilt. Man denke an die Anarchistin Germaine Berton, die im Januar 1923 den Sekretär der rechtsextremen royalistischen Zeitung *L'Action française* ermordete und von den Richtern über ihre homosexuellen Beziehungen und Abtreibungen befragt wurde. An Violet Gibson, die antifaschistische Pazifistin, die versuchte, Mussolini umzubringen: ein Zeichen von Wahnsinn, wenn man ihrer Verteidigung glauben darf, die Ferri, einen Schüler Cesare Lombrosos, zu Hilfe rief. Sie wurde in eine psychiatrische Anstalt eingewiesen, obwohl sie keinerlei Anzeichen von Unzurechnungsfähigkeit aufwies, und nach der Einstellung des Verfahrens schließlich in ein Krankenhaus, wo sie dreißig Jahre später starb. Im Prozess gegen die Action directe wegen der Ermordung von Georges Besse im Jahr 1986 sagte der Generalstaatsanwalt:

»Das Schrecklichste, das Schockierendste ist, dass die Mörder Mörderinnen sind.«

Es ist *bekannt*, dass Frauen aggressiv sein können – doch wird ihre Gewalt stets anders behandelt, wie eine Überraschung, ein Oxymoron. Regelmäßig wundern wir uns darüber, dass es Kriegsverbrecherinnen, Nazifrauen, Mädchenbanden, Selbstmordattentäterinnen, kindermordende Mütter, mordende Krankenschwestern oder junge Mädchen gibt, die sich dem IS anschließen. Und jedes Mal sieht man darin ein weiteres Anzeichen für ein Abgleiten in die Barbarei: Wenn selbst Frauen sich darauf einlassen…

Es ist *bekannt*, dass Frauen nicht nur sanftmütig sind, doch jedes Auftreten weiblicher Gewalt erinnert uns daran, wie widerstandsfähig unsere Illusionen sind. Es ist ein etwas anderer Schock als der, den man angesichts der Brutalität der Männer verspürt, und er kündet davon, dass wir weiterhin an ihre Neigung zu Sanftmut und Tugendhaftigkeit glauben, vielleicht darauf hoffen, und von ihnen moralische Überlegenheit erwarten.

Der Feminismus hat noch nie jemanden umgebracht, oder jedenfalls nicht wirklich – wenngleich in unserer Vorstellungswelt durchaus gewalttätige, rachsüchtige und besessene Frauen mit sagenhaften oder monströsen Zügen umhergeistern. »Der moderne Feminismus«, schrieb die englische Historikerin Mary Beard in ihrem Essay »Frauen und Macht«, »hat enorme Energie auf den Versuch verschwendet, zu beweisen, dass es einst Amazonen gab, mit all den verführerischen Möglichkeiten einer historischen Gesellschaft, die wirklich von und für Frauen regiert wurde. Denken Sie. Die bittere Wahrheit ist, dass die Amazonen ein männlicher griechischer Mythos waren. Die einzig gute Amazone, so pflegte man zu sagen, sei eine tote Amazone, oder eine, die im Schlafzimmer gebändigt wurde. Womit gesagt werden sollte, dass es die Pflicht der Männer sei, die Zivilisation vor der Herrschaft der Frauen zu retten.« Und der Mythos ist geblieben: Es gab keinen Massenaufstand der Frauen. Keinen Umsturz der Ordnung, keine kollektive Selbstverteidigung, keine Machtübernahme des zweiten Geschlechts.

Wie sollten Männer jemals Angst davor haben, dass ihnen »mit einem Teppichmesser der Schwanz aufgeschlitzt« wird?

Dennoch wurde der Feminismus beschuldigt, weibliche Gewalt zu entfesseln, was faktisch falsch ist. Der Anteil krimineller Frauen war im 19. Jahrhundert weitaus höher. In den USA sind die Staaten mit der egalitärsten Politik diejenigen, in denen die wenigsten Morde von Frauen begangen werden. Es ist im Gegenteil die Ungleichheit, die Gewalt hervorbringt – auch gegen Männer.

Wenn Feministinnen trotz ihrer Gewaltlosigkeit dennoch in erster Linie mit *Aggressivität* in Verbindung gebracht werden, so liegt das daran, dass der weibliche Zorn nicht natürlich erscheint. Aggressivität ist der Ausdruck illegitimen Zorns.

Bis heute findet man anscheinend selbst den Zorn kleiner Jungs eher akzeptabel: Er wird nicht so sehr getadelt und daher tendenziell reproduziert. Den Zorn von Männern assoziiert man mit Stärke, den von Frauen mit Feindseligkeit. Die ideale Frau wird nicht wütend. Die Zerstörungskraft von Frauen muss sich gegen sie selbst richten: Wenn sie zum Ausdruck kommt, verwirrt sie die Leute oder bringt sie auf die Palme. Wir verfügen über eine ganze Reihe von abstoßenden Typen wütender Frauen: Megären, Harpyien, Mannsweiber. Die Amerikaner haben den Archetyp der »angry black woman« geprägt, der wütenden, aggressiven und nie zufriedenen schwarzen Frau, die auf alles und vor allem auf Männer schimpft. Diese die Wut abwertende Bezeichnung ist zugleich ein subtiles Kontrollinstrument. Schwarze Frauen, die allen Grund haben, wütend zu sein, werden somit angehalten, dem entwürdigenden Klischee nicht zu entsprechen. Wut ist aber auch eine Voraussetzung für Würde und Selbstachtung: Ohne sie werden gefügige Wesen ihrem Schweigen und ihrer Erniedrigung überlassen.

»Ich würde ihn mit kochendem Öl begießen«

Im Jahr 1987 beschäftigte sich die amerikanische Anthropologin H.B. Kimberley Cook mit der Gesellschaft der Eingeborenen auf der Insel Margarita vor der Küste Venezuelas, in der Frauen mit Gewalt auf »abweichendes Verhalten der Männer« wie Alkoholismus oder Respektlosigkeit reagieren und sogar in deren Schlägereien eingreifen.

Sie berichtete von einer matrifokalen Gesellschaft, die durch die lange Abwesenheit der Männer vom Haushalt, durch deren Verantwortungslosigkeit und Polygynie gekennzeichnet ist und in der Frauen die Macht über die Familie innehaben. »Ihre Verantwortung lässt den Frauen wenig Zeit, um mit dem störenden Verhalten ihrer Kinder umzugehen, und aus Frust greifen die Frauen oft auf körperliche Strafen zurück, um sie zu disziplinieren«, schrieb sie. »Die Kinder werden geohrfeigt, versohlt, geschlagen und gelegentlich vor die Tür gesetzt. Dadurch führen die Frauen ihren Kindern in deren Sozialisation ein aggressives weibliches Rollenmodell vor Augen, das aber durch die wichtigen Beiträge legitimiert wird, die sie zum Überleben ihrer Familien leisten.« Sie schlagen sich untereinander, bedrohen jedoch auch Männer, um andere Frauen zu verteidigen. Ihre Fähigkeit, sich zu verteidigen, und ihre Stärke sind für sie »eine Quelle des Stolzes«. Die Anthropologin berichtete von einer alten Frau, die sagte: »Die Frauen hier können das nervige Verhalten der Männer nicht ertragen. Wir wissen, wie man mit Machos umgeht. Wir sagen den Männern, dass sie sich verpissen sollen, wenn sie zu weit gehen. Wenn mich ein Mann nervt, schlage ich ihm ins Gesicht oder haue ihm eine Flasche auf den Kopf. Einmal haben meine Freundinnen und ich einen Kerl auf den Boden geworfen, weil er respektlos war.« Auf den Einwand, dass Männer körperlich stärker seien, antwortete sie: »Ja, Männer sind stärker. Mein Mann ist Fischer. Er ist sehr stark. Aber wenn er mir etwas antut, wenn er Hand an mich legt, könnte ich mich wehren, weil er sich ja mal schlafen legt. Wenn er mich jemals respektlos behandelte, würde ich warten, bis er eingeschlafen ist, und ihn dann mit kochendem Öl begießen.« Ein befragter Mann berichtete, dass seine Mutter, als er, frisch verheiratet, schlecht über seine Frau sprach, ein Brett nach ihm geworfen und ihn bis aufs Blut verletzt habe, »um ihn zu lehren, seine Frau zu respektieren«. »Und es stimmt«, sagte er abschließend, »ich musste lernen, sie zu respektieren.«

Das Bild einer Form von Gleichheit in der Ausübung von Gewalt, das die Anthropologin zeichnete, ist nicht gerade begeisternd. Die Gegenwehr dieser Frauen schafft keine egalitäre Utopie, nicht einmal ein Gleichgewicht des Schreckens, sondern vielmehr eine doppelt gewalttätige Gesellschaft. Das ist die moralische Sackgasse, in der die Frage nach der Gegenwehr der Frauen feststeckt.

In dem sehr schönen Vorwort zu dem Buch »Gewalt

von Frauen denken« fasst Arlette Farge die Fragen zusammen, die sich angesichts der von Frauen verübten Gewalt immer wieder stellen: »Der Zugang von Männern wie Frauen zur Macht über Gewalt kann gewiss eine politische und emanzipatorische Dimension haben, und in einigen Fällen muss man ihre Bedeutung anerkennen, sei es als legitime Verteidigung oder politische Überzeugung. Aber hat der gleichberechtigte Zugang von Männern und Frauen zur Macht über Gewalt in allen Fällen eine politische und emanzipatorische Dimension von Gleichheit? Dies wirft an sich schon das Problem der menschlichen Gewalt auf, des Einsatzes von Waffen, des Krieges, des Verbrechens und der Entstellung des Selbst durch den Tod anderer.«

Ein gewisser Feminismus ist gestorben

2004 erschienen »Erinnerungsfotos« von Folterungen Gefangener in Abu Ghraib, auf denen junge Soldatinnen der US-Armee lächelnd und mit erhobenem Daumen neben Leichen, nackten Männern mit Kapuzen oder an der Leine posierten. Diese Frauen, erfuhr man, hatten die Inhaftierten sexuell missbraucht – Tänze in Unterwäsche, erzwungene Masturbation, Vergewaltigungen, unechtes Menstruationsblut, das sie den Gefangenen ins Gesicht geschmiert haben –, und zwar in einem irakischen Gefängnis, das von einer Frau, Sergeant Janis Karpinski, beaufsichtigt wurde, die sich für die Integration von Frauen in die Armee einsetzte. Das alles geschah unter einer Besatzung, die von einer anderen Frau, Condoleezza Rice, geleitet wurde. Dort, so schienen diese Fotos zu sagen, war also zu sehen, was Frauen im Krieg anstellen können. Oder was der Krieg mit den Frauen anstellt.

Weil die Befreiung der »Frauen in Burkas« als Rechtfertigung für den Einmarsch in Afghanistan benutzt worden war, weil die Aufnahme in die Armee und überhaupt der gleichberechtigte Zugang von Frauen zu den Strukturen der Macht ein Ziel des feministischen Kampfes war, weil Frauen schließlich die traditionellen Vorstellungen von Gewalt und sexuellem Missbrauch auf den Kopf stellten, wirkten diese Bilder wie ein Referendum über den Feminismus. Was hatte diese scheinbare Parität der Grausamkeit zu bedeuten? Verteidiger von Männerrechten rieben sich die Hände angesichts des doppelt grenzüberschreitenden Schauspiels weiblicher Grausamkeit (sadistische Frauen, männliche Opfer), die endlich auf Fotos festgehalten worden war. Konservative deuteten die Bilder als Produkt einer feministischen Kultur, die mit der Forderung nach Gleichheit die Frauen zu barbarischem Verhalten ermutigt hätte. Feministinnen versuchten, sie zu kontextualisieren: Sind Frauen in der Armee, einer patriarchalischen Institution, nicht immer noch den Männern unterworfen? Man suchte den Mann hinter der Frau, und es gab sogar einen: Charles Graner, der grausame Liebhaber von Lynndie England, der jungen Soldatin, die strahlend einen kriechenden Häftling an der Leine geführt hatte. Bei ihrem Prozess gab sie an, sie sei manipuliert worden. Nachdem sie einige Jahre im Gefängnis verbracht hatte, erschien ihr Buch, in dem sie sich für nichts entschuldigte: »Sie versuchten, uns zu töten, und nun soll ich mich bei ihnen entschuldigen? Das würde bedeuten, den Feind um Vergebung zu bitten.«

»Ein gewisser Feminismus ist in Abu Ghraib gestorben«, schrieb Barbara Ehrenreich 2007 in »One of the Guys«, einem Sammelband zu diesem Thema. Ein gewisser Feminismus oder vielleicht, so führte sie genauer aus, eine gewisse Naivität, die »auf der impliziten oder ausdrücklich bekräftigten Annahme beruhte, Frauen seien Männern moralisch überlegen. Wir hatten viele Debatten darüber, ob die Biologie oder die Konditionierung den Frauen einen moralischen Vorteil verschaffe – oder einfach die Erfahrung, in einer sexistischen Kultur eine Frau zu sein. Eine Überlegenheit oder zumindest eine geringere Neigung zu Grausamkeit und Gewalt wurde jedoch mehr oder weniger einvernehmlich unterstellt. Schließlich sind es die Frauen, die sich in unserer Kultur am meisten um andere kümmern, und in Umfragen neigen sie immer noch weniger zum Krieg als Männer.«

Festzuhalten bleibt, dass diese Soldatinnen, deren Brutalität der von Männern entsprach, von der US-Armee tatsächlich *als Frauen* eingesetzt wurden und die Anwendung ihrer Gewalt sehr wohl differenziert war: Es ging darum, Männer auf eine Art und Weise sexuell zu erniedrigen, von der man annahm, dass sie auf einen gläubigen Muslim am verheerendsten wirke. Ehemalige Häftlinge von Guantánamo, die ebenfalls von Frauen sexuell missbraucht worden waren, hielten übrigens ihre Peinigerinnen für »Prostituierte«. Der weibliche Körper der Soldatinnen wurde als ein Instrument zur Destabilisierung und als Waffe eingesetzt. Im Internet sagten manche Männer: *Wenn das Folter ist, melde ich mich freiwillig!*

Die kubanisch-amerikanische Künstlerin und Intellektuelle Coco Fusco widmete diesen Fotos einen Essay mit dem Titel »Praktische Anleitung für weibliche Vernehmungsoffiziere«. Darin analysiert sie, wie die Beteiligung von Frauen an den Folterungen genutzt wurde:

nämlich als Ablenkung, um der militärischen Besetzung des Irak mit solcher »Folter light« ein »menschlicheres Antlitz« zu verleihen. In Wirklichkeit jedoch handle es sich um »eine staatliche Instrumentalisierung der Geschlechtsidentität«. »Dies ist die implizite Logik, die man uns vorsetzt: Ist Folter, die von Angehörigen des ›schwachen Geschlechts‹ ausgeübt wird, wirklich etwas so Schreckliches?« fragt sie rhetorisch. »Versteht man unter Folter nicht etwas Brutaleres als Beleidigungen und Erniedrigungen? Müssen nicht die meisten Frauen, die in der Armee dienen, selbst um ihr Überleben kämpfen und sich in einem überwiegend von Männern beherrschten Umfeld behaupten, in dem sie ihrerseits häufig sexuellen Angeboten und Witzen ausgesetzt sind?« Die großen amerikanischen Medien zeigten Verständnis für die vor ein Kriegsgericht gezerrten Soldatinnen und stellten sie als einfältige Opfer der Umstände dar. Doch »obwohl uns kein Detail aus Lynndie Englands Leben erspart blieb – ihre geistige Zurückgebliebenheit, ihre ärmliche Herkunft, ihre traurige Beziehung zu dem Soldaten Charles Graner und ihr uneheliches Kind –, wurde die Aufmerksamkeit der Öffentlichkeit somit von den Gefangenen abgelenkt, die tatsächlich gefoltert worden waren. [...] Unsere Gesellschaft stellt sich Gewalt von Frauen noch immer als Folge von etwas Irrationalem vor – die verlassene Geliebte, die überforderte Mutter, die durch Vergewaltigung oder Misshandlung traumatisierte Frau. Umso notwendiger ist es, aus dem, was der Krieg aus uns macht, zu lernen.« Abschließend sagte sie: »Die Hervorhebung ihre Schwächen und persönlichen Geschichten führt vor allem weg von der scheinbar unvereinbaren Wahrheit, die gleichwohl dazugehört: Einerseits sind amerikanische Frauen weiterhin Sexismus in verschiedenen Formen ausgesetzt, andererseits werden sie als Amerikanerinnen an der Ausübung globaler Macht beteiligt und dazu aufgefordert (wozu sie in verantwortlichen Positionen auch bereit sind), als Aggressorinnen aufzutreten, wobei sie sich oftmals auch ihre Weiblichkeit strategisch zunutze machen. [...] Wenn wir in weiblicher Aggressivität weiterhin nur die Folge einer Psychose oder Opferrolle sehen, wird es uns unmöglich sein, die ethischen und politischen Fragen, die sich aus der Beteiligung von Frauen an Herrschaftsapparaten ergeben, wirklich zu erörtern.«

Abu Ghraib führt weit weg von der Frage nach einer womöglich emanzipatorischen Gewalt, ganz gleich, was Lynndie England sagte, die ihre Taten – sie war natürlich nicht die Einzige, auch einige aufgeklärte Geister befürworteten damals die Folter – offenbar als legitime Verteidigung gegen einen feindlichen Angriff betrachtete. Doch indem sie traditionelle Frauenbilder über den Haufen warf, stellte sie auch die Ziele und Strategien des Feminismus aufs Neue in Frage: gleicher Zugang zur Macht oder Veränderung der Machtverhältnisse?

Angela Davis bezeichnete diese Bilder als »eine Art Visualisierung der Verbindung von biologischem und sozialem Geschlecht«, als »starke Beweise für das, was die interessantesten feministischen Analysen zu erklären versucht haben« (One of the Guys, 2007): Wenn wir uns darauf einlassen, dass Geschlecht eine soziale Konstruktion sei, dann müssen wir hinnehmen, dass Frauen ebenso wie Männer sehr wohl an institutioneller Gewalt beteiligt sein können.

»Heute«, fuhr sie fort – und bezog dabei auch rassistisch diskriminierte Minderheiten ein –, »könnten wir sagen, dass wir alle die gleichen Chancen haben, männliche Herrschaft und Rassismus zu verewigen.«

Wenn wir alle zu Gewalt fähig sind, wenn sie erlernt werden kann, dann kann niemand ein Monopol darauf beanspruchen. Gewalt von Frauen als gleichwertig zu betrachten, das heißt als vielfältig, politisch, kriegerisch, verzweifelt, grausam und defensiv, bedeutet auch, anzuerkennen, dass Frauen sie in den meisten Fällen kontrollieren können. Es bedeutet, Wehrlosigkeit zu überdenken; Frauen den moralischen Vorzug der Gewaltlosigkeit zuzugestehen, statt diese zu ihrem Schicksal zu machen.

Das fehlende Bild

Die Geschichte der Geschlechterteilung ist auch die des Wissens und Könnens, und es waren die Männer, die das Monopol auf die Herstellung von und den Umgang mit Waffen innehatten. In den 1990er Jahren begann die amerikanische Waffenlobby, sich einer feministischen Sprache zu bedienen und von Autonomie, *self respect* und Emanzipation zu reden. Das geschah im Anschluss an Filme wie »Thelma und Louise«. Diese Geschichte einer befreienden und zugleich selbstmörderischen Flucht zweier Frauen, die sich davonmachen, nachdem eine den Vergewaltiger der anderen getötet hat, hatte eine hitzige Debatte ausgelöst. In der Zeitschrift *Women & Guns* gab es eine insbesondere misshandelten Frauen gewidmete Rubrik. Auch heute noch macht sich die Pro-Waffen-Propaganda das Thema der Selbstverteidigung von Frauen zunutze, indem sie die Schusswaffe als ein Instrument zur Herstellung von Chancengleichheit darstellt. Dieser Logik zufolge sind die Feinde nicht so sehr die bewaffneten Angreifer, sondern diejenigen, die sich dem freien Waffenverkauf widersetzen: Sie sind es, die gegen die Frauen Krieg führen. In den USA nimmt die Zahl der Frauen, die eine Schusswaffe besitzen, stetig zu. Im Internet findet man Werbebilder, die bewaffnete Schwangere, kleine Mädchen im Bett mit einem unter dem Kopfkissen versteckten Revolver zeigen, garniert mit emanzipatorischen Slogans zum Thema Selbstverteidigung.

Statt einen von der Notwendigkeit zu überzeugen, dass *die Schwächsten* sich schützen müssen, zeugen diese Bilder vielmehr davon, wie jedwede emanzipatorische Rhetorik einer Befreiung durch Waffen entgleist: Es sind Schreckensvisionen. Denn natürlich kann man sich das nicht wünschen: Dass Frauen sich bewaffnen, um zurückzuschlagen, kann nicht als Fortschritt begrüßt werden. Ihre Lage zwingt sie, es besser zu machen, nicht die Gewalt nachzuahmen. Sie verpflichtet sie dazu, sich etwas anderes vorzustellen.

Kann Selbstbehauptung in einem imaginären Raum gelingen? »Was wäre, wenn wir uns eine andere, eine anders ausgerichtete Gewalt vorstellen, einen postmodernen Terror, der durch ein anderes ›Monster‹ verkörpert wird und auf andere ›Opfer‹ abzielt?« fragte sich Judith Halberman in ihrem Essay »Imaginäre Gewalt/Queere Gewalt« (in der Zeitschrift *Tumultes*, 2006). Darin geht es um Darstellungen einer »imaginierten Gewalt«, die imstande ist, auf reale Machtverhältnisse einzuwirken, indem sie die Angst einflößt, auf bewaffnete oder gefährliche Frauen zu treffen. »Das Bild von Frauen mit Revolvern, die sich Vergewaltigern entgegenstellen, kann die verbreiteten Phantasien über Gewalt und Geschlecht dadurch verändern, dass es sich dem moralischen Imperativ widersetzt, der es verbietet, Gewalt mit Gewalt zu bekämpfen […] Mit anderen Worten: Frauen, die seit geraumer Zeit als Opfer und nicht als Täterinnen wahrgenommen werden, können von einer neuen Phantasie von Gewalt und Terror profitieren.«

Als Antwort auf Brian De Palmas rhetorische Frage *(Was kann Frauen schon passieren, außer dass sie getötet werden?)* regen die Bilder gewalttätiger Heldinnen uns nicht etwa dazu an, uns eine Waffe zuzulegen, aber sie führen uns immerhin die Möglichkeit vor Augen, Gewalt mit Gewalt zu bekämpfen.

Aus diesen Bildern können wehrlose Menschen Kraft schöpfen, indem sie spüren, dass auch sie von dem Recht auf Gegenwehr Gebrauch machen können, und die Vorstellung ihrer Ohnmacht zurückweisen. In ihrem Essay »Selbstverteidigung« schreibt die Philosophin Elsa Dorlin über Kampagnen gegen häusliche Gewalt: »Bald dreißig Jahre lang haben praktisch alle Plakat-, Radio- und Fernsehkampagnen, die sich mit Gewalt gegen Frauen befassen, ein und dieselbe Gewaltszene nachgespielt, gegen die sie protestieren. Indem sie jedoch die der Weiblichkeit zugeschriebene Wehrlosigkeit bekräftigen, anstatt alternative weibliche Verhaltensweisen – und Mittel und Wege, sich der Gewalt zu widersetzen – vorzuschlagen, versäumen es die öffentlichen Kampagnen, sexistische Gewalt zu verhindern.«

Die Bilder, auf denen geschwollene, verängstigte Gesichter, Blutergüsse und Tränen zu sehen sind – »ein Tribut an die Täter« und ein Resultat der Macht der Männer –, »lassen keinen Raum mehr für andere Darstellungen, andere Bilder und Phantasien und damit für andere Erzählungen: Diese Fotos zwingen den Blick in die Gleichgültigkeit des Denkens, sie ermüden ihn und nehmen unsere Vorstellungskraft gewaltsam in Beschlag, indem sie sie mit genussvoller Ohnmacht überfüttern.«

Dieses fehlende Bild hat Jacqueline Sauvage hervorgebracht: das eines Opfers, das seine Wut umkehrte, aufstand und sein Gewehr nahm.

Epilog

Im Juni 2017 wurde in Nevers eine 57-jährige Frau von ihrem Ehemann tot aufgefunden. Ihr Bein war zerfetzt und die Oberschenkelarterie durchtrennt. Einige Stunden später erbrach ihr Hund Cyra Blut und Fetzen ihrer Kleidung. Die Presse berichtete, die Frau sei dem Geständnis ihres Mannes zufolge Alkoholikerin gewesen und habe ihre Tiere geschlagen. An jenem Tag war der Hund ausgehungert: Er fraß sein Frauchen bei lebendigem Leib. Cyra war ein Deutscher Schäferhund, wie die Hunde, an denen Martin Seligman die *erlernte Hilflosigkeit* beobachtete, aus der er seine Theorie der Resignation vor dem Leiden entwickelte. Dieser Hund aber rebellierte. War er deshalb ein gefährliches Tier?

Die Frage, ob er eingeschläfert werden sollte, brachte unweigerlich auch den Fall von Jacqueline Sauvage wieder ins Gespräch. Notwehr, sagten die Tierschützer, geschah dem Frauchen recht. Eine online gestellte Petition brachte Zehntausende von Unterschriften zusammen. Der Hund sollte am Leben bleiben.

So kehrt Jacqueline Sauvage regelmäßig wieder, wie ein vieldeutiger Hashtag, der ebensowohl von Gerechtigkeit wie von Ungerechtigkeit spricht. Sie führte ein entsetzliches Leben, übte Selbstjustiz, bekam eine harte Strafe, dann wurde sie begnadigt: Je nachdem, an welche Reihenfolge man sich erinnert, kann ihre Geschichte gegensätzliche Bedeutungen annehmen. Ihr Nachleben ist nicht klar. In *Le Monde* wurde sie in einem Artikel wieder zu »Catherine Sauvage«. In der Zwischenzeit gab es weitere Anlässe zur Empörung, weitere Petitionen und viele weitere Gewalttaten. Auf den Straßen wird getötet, und die Gewalt, die in den eigenen vier Wänden stattfindet, erschien nie so inakzeptabel wie die skandalöse Überflüssigkeit der Gefahr von außen.

Es muss nicht entschieden werden, ob ihre Tat berechtigt oder verwerflich, mutig oder erniedrigend war. Über die Moral sollte besser nicht geurteilt werden. Wichtiger ist, dass man sich beharrlich fragt, was die Opfer können, über welche Ressourcen sie verfügen und welche Wandlungen die Aufopferung durchmacht. Dass der Mut der Frauen nicht mehr das Ausharren im Bösen bedeutet und man lernt, Verletzungen und Ungerechtigkeiten zu erkennen, Gewalttaten zu bestrafen und Konflikte auszutragen. Einen Weg zu finden zwischen dem, was man erträgt, akzeptiert und wünscht. Es spielt keine Rolle, ob sie wirklich *diese gebrechliche, verängstigte Frau* ist, als die sie von ihren Anwältinnen verteidigt wurde. Das Geschrei, das um sie gemacht wurde, verkündete etwas anderes: nämlich dass wir alle Empathie für weibliche Opfer empfinden können, uns aber eher mit der Frau identifizieren, die zurückschlägt. Wir sollten lieber annehmen, dass man Ohnmacht zwar lernen, aber auch wieder verlernen kann, und dass daher alles verhandelbar ist.

Bevor sie verschwand, trat sie in den 20-Uhr-Nachrichten auf. Man hörte sie zum ersten Mal sprechen. Sie sagte, sie fühle sich nicht schuldig, immer noch nicht, und Lärm und Wut nahmen für einen Moment wieder zu: Ihre

Gegner meinten: »Wir haben es Ihnen ja gesagt«, und ihre Unterstützer: »noch immer glücklich«. Die anderen zweifelten. In einem Versprecher, oder eher einer Art Verwirrung, sagte sie: »Ich habe Tausende von Dankesbriefen erhalten« – anstatt *Unterstützungs*briefe. Aber vielleicht ist da etwas Wahres dran.

Tragödien flüstern uns Ratschläge zu. Niemand hat nach Jacqueline Sauvage zu den Waffen gerufen. Vielmehr bot sie ein Märchen der Machtergreifung; eine Geschichte, in der die Wut zum Absender zurückkehrte. Sie darf nicht zu einem bloßen *Bild*, einer emanzipatorischen Fiktion gemacht werden: So würde man ihre Gewalt nur noch weiter entwirklichen. Dieser Mann, der sowohl ein Archetyp als auch ein eklatanter Fehlschlag des Modells war, das die Herrschaft eines Geschlechts über das andere rechtfertigen sollte, dieser Schläger, der von einer starken Frau auf Händen getragen wurde, die mehr einstecken konnte als er und die ihn selbst auf dem archaischsten Gebiet der Arbeitsteilung, der Jagd, schlug, dieser abscheuliche Vater, von dem man sich vorstellen kann, dass er mehr Angst davor hatte, für einen Schwächling gehalten, als eines Tages von seiner Frau getötet zu werden, ist wahrhaftig gestorben. In diesem Verbrechen steckt die ganze Ohnmacht, das Versagen des Willens, die durch eine gewalttätige Reaktion kurzgeschlossene Intelligenz. Ihre Tat ist nicht *erhaben*. Aber uns steht es frei, uns Verbrechen anzueignen, die wir nicht begangen haben. Dieses hier hat sich, getragen vom Zeitgeist, beiläufig ins Privatleben und in die Phantasie zerstreut.

Bei mir ist ein kleiner Richter im Kopf geblieben. Er hält mich in einem wachen Zustand. Er ist nicht wirklich wohlwollend, manchmal ist er sogar gnadenlos, er stellt mir Fragen, die mir unangenehm sind. Er stellt die Bedingungen meiner Freiheit in Frage. Ich erinnere mich, dass ein anderer Richter, ein echter, nämlich der von Véronique Courjault, der Mutter, die drei ihrer fünf Babys getötet und dann eingefroren hatte, so etwas sagte wie: *Wenn man wie Sie die Ruhe und die Stille liebt, ist es dann nicht verrückt, mehr Kinder haben zu wollen?* Ich habe diese Frage lange mit seinem gnadenlosen gesunden Menschenverstand abgewogen. Manchmal höre ich nicht darauf und gehe weiter. Aber ich frage mich immer wieder: Was in meinem Leben könnte, von außen betrachtet, wie *eine Verrücktheit* aussehen? Kinder machen oder nicht, wie sie erziehen, bleiben oder gehen, mit welcher Kraft kann ich mich wehren? Was kann man an Verständnis erwarten, was muss man an Schutz bieten? In den kleinsten Winkeln unserer Intimsphäre, dort, wo Geheimnisse, Wünsche, Wut und Brüche entstehen, gibt es Gesetze, Spuren der Macht. Einige sind schriftlich fixiert, andere nicht. Diejenigen, die sie übertreten, stellen uns Fragen. Wir gestalten unser Leben unter diesen aus der Vergangenheit geerbten Umständen, indem wir versuchen, durch sie hindurch oder ihnen entgegenzusteuern, um uns davor zu schützen, eingesperrt zu werden.

Bibliografie

Christine Bart/Frédéric Chauvaud/Michelle Perrot/Jacques-Guy Petit (Hg.): Femmes et justice pénale. XIXe–XXe siècles, Rennes 2002.

Mary Beard: Women & Power. A Manifesto, London 2017.

Coline Cardi/Geneviève Pruvost: Penser la violence des femmes, Paris 2012.

Virginie Despentes: King Kong Théorie, Paris 2006 [King Kong Theorie, aus dem Französischen von Claudia Steinitz und Barbara Heber-Schärer, Köln 2018].

Elsa Dorlin: Se défendre, Paris 2017 [Selbstverteidigung. Eine Philosophie der Gewalt, aus dem Französischen von Andrea Hemminger, Berlin 2020].

Alexandre Dumas der Jüngere: Les Femmes qui tuent et les femmes qui votent (1880).

Arlette Farge/Cécile Dauphin: De la violence et des femmes, Paris 1997.

Sylvie Frigon: L'Homicide conjugal au féminin, d'hier à aujourd'hui, Montréal 2003.

Coco Fusco: Petit manuel de torture à l'usage des femmes soldats, Paris 2008 [Original: A Field Guide for Female Interrogators, New York 2008].

Ann Jones: Women Who Kill, New York 1980.

Cesare Lombroso: La Femme criminelle et la prostituée (1896), Paris 2012.

Patricia Pearson: When She Was Bad. Violent Women and the Myth of Innocence, London1997.
Christophe Regina: La Violence des femmes. Histoire d'un tabou social, Paris 2011.
Jacqueline Sauvage: Je voulais juste que ça s'arrête, Paris 2017.
Carol Smart: Feminism and the Power of Law, London und New York 1989.
Victoria Vanneau: La Paix des ménages. Histoire des violences conjugales, XIXe–XXIe siècles, Paris 2016.
Lenore E. Walker: The Battered Woman, New York 1979.
Naomi Wolf: Fire with Fire. The New Female Power and How It Will Change the 21st Century, New York 1993.

Artikel

Jamie R. Abrams: The Feminist Case for Acknowledging Women's Acts of Violence, in: *Yale Journal of Law & Feminism*, Jg. 27, Nr. 2, 2016.
Coline Cardi/Geneviève Pruvost: La violence des femmes. Occultations et mises en récit, in: *Champs pénal*, Jg. VIII, 2011.
H.B. Kimberley Cook: Matrifocality and Female Aggression in Margariteno Society, in: Kaj Bjorkqvist/Pirkko Niemela (Hg.), Of Mice and Women. Aspects of Female Aggression, Cambridge (Mass.) 1992.
Anne M. Coughlin: Excusing Women, in: *California Law Review*, Jg. 82, Januar 1994.
Angela Davis: Sexual Coercion, Prisons, and Female Responses, in: Tara McKelvey (Hg.), One of the Guys. Women as Aggressors and Torturers, New York 2007.

Barbara Ehrenreich: Feminism's Assumptions Upended, in: Tara McKelvey (Hg.), One of the Guys. Women as Aggressors and Torturers, New York 2007
Laurence Guignard: L'irresponsabilité pénale féminine et la figure de la femme folle, in: Frédéric Chauvaud/ Gilles Malandain (Hg.), Impossibles victimes, impossibles coupables. Les femmes devant la justice pénale, Rennes 2009.
Judith Halberstam: Violence imaginée/violence queer. Représentation, rage et résistance, in: *Tumultes* 2006.
Marie-Élisabeth Handman: Violence et différence des sexes, in: *Lignes* 1995/2 (Nr. 25).
Fabrice Virgili: Virilités violentes, virilités inquiètes, in: Jean-Jacques Courtine (Hg.), Histoire de la virilité, Bd. 3 (La virilité en crise? Le XXe–XXIe siècle), Paris 2011.

Aus der Reihe Critica Diabolis

21. Hannah Arendt, Nach Auschwitz, 13,- Euro
45. Bittermann (Hg.), Serbien muss sterbien, 14.- Euro
65. Guy Debord, Gesellschaft des Spektakels, 20.- Euro
171. Harry Rowohlt, Ralf Sotscheck, In Schlucken-zwei-Spechte, 15.- Euro
223. Mark Fisher, Gespenster meines Lebens, 20.- Euro
225. Eike Geisel, Die Wiedergutwerdung der Deutschen, 24.- Euro
246. Mark Fisher, Das Seltsame und das Gespenstische, 18.- Euro
253. Wolfgang Pohrt, Werke Bd. 10, Kapitalismus Forever & Texte, 22.- Euro
254. Wolfgang Pohrt, Werke Bd. 3, Honoré de Balzac, 2. Aufl., 18.- Euro
260. Wolfgang Pohrt, Werke Bd. 5.1, Zeitgeist & Texte 85-86, 26.- Euro
261. Wolfgang Pohrt, Werke Bd. 5.2, Hauch von Nerz & Texte 87-89, 26.-
262. Wolfgang Pohrt, Werke Bd. 4, Kreisverkehr & Texte 81-84, 30.- Euro
266. Léon Poliakov, St. Petersburg – Berlin – Paris, Memoiren, 24.- Euro
267. Wolfgang Pohrt, Werke Bd. 2, Ausverkauf & Endstation u.a. Texte, 30.-
268. Wolfgang Pohrt, Werke Bd. 1, Theorie des Gebrauchswerts u.a., 32.-
271. Eike Geisel, Die Gleichschaltung der Erinnerung, Essays, 26.- Euro
272. Mark Fisher, k-punk, Nachgelassene Schriften (2004-2016), 34.- Euro
277. Iris Dankemeyer, Die Erotik des Ohrs. Emanzipation nach Adorno, 30.-
278. Wolfgang Pohrt, Werke Bd. 6, Massenbewusstsein BRD 1990, 30.-
281. einzlkind, MINSKY, Roman über die künstliche Intelligenz, 24.- Euro
282. Wolfgang Pohrt, Werke Bd. 8.1, Harte Zeiten & Texte, 26.- Euro
284. Caroline Fourest, Generation Beleidigt, 18.- Euro
286. Ingo Müller, Furchtbare Juristen, erweiterte Neuausgabe, 24.- Euro
287. Wolfgang Pohrt, Werke Bd. 8.2, Brothers in Crime, 26.- Euro
288. Thomas Williams, Selbstporträt in Schwarz und Weiß, 24.- Euro
289. Stefan Gärtner, Terrorsprache. Wörterbuch des Unmenschen, 14.-
291. Wiglaf Droste, Chaos, Glück und Höllenfahrten, Autobiographie, 24.-
292. Hallische Jahrbücher # 1, Die Untiefen des Postkolonialismus, 24.- Euro
293. Annette Wieviorka, 1945. Als die Amerikaner die Lager entdeckten, 24.-
294. Wolfgang Pohrt, Werke Bd. 9, FAQ & Ergänzungstexte, 26.- Euro
295. Léon Poliakov, Vom Hass zum Genozid. Das 3. Reich und die Juden, 34.-
297. Walter Benn Michaels, Der Trubel um Diversität, 24.- Euro
298. Pascal Bruckner, Ein nahezu perfekter Täter, 26.- Euro
300. Christian Schultz-Gerstein, Rasende Mitläufer, 26.- Euro
301. Klaus Bittermann, Unruhestifter Wolfgang Pohrt, Biographie, 32.- Euro
302. Dominic Angeloch, Die Wahrheit schreiben, George Orwell, 28.- Euro
303. Sara Rukaj, Die Antiquiertheit der Frau. Eine Kritik, 18.- Euro
304. Uli Krug, Krankheit als Kränkung in pandemischen Zeiten, 16.- Euro
305. Caroline Fourest, Lob des Laizismus, 26.- Euro
306. Kathleen Stock, Material Girl. Kritik der Geschlechteridentität, 26.-
307. Hans Zippert, Wie Hitler mir das Leben rettete, 18.- Euro
308. Bari Weiss, Wie man Antisemitismus bekämpft, 20.- Euro
309. Josef Joffe & Michael Miersch, Schöner Denken 2, 16.- Euro
310. Valentine Faure, Als ich aufstand, nahm ich das Gewehr, 22.- Euro
311. Ingo Elbe u.a., Probleme des Antirassismus, ca. 24.- Euro
312. Laure Adler, Die Reisende der Nacht. Über das Altern, ca. 24.- Euro

http://www.edition-tiamat.de